Omrael Norbert Muigg

Gesang der Liebe – Gespräche mit der Seele

Omrael Norbert Muigg

GESANG DER LIEBE

Gespräche mit der Seele

Elraanis Verlag

Informationen und aktueller Seminarkalender:
Organisation TO OM RA
kontakt@to-om-ra.com
www.to-om-ra.com

Die Deutsche Bibliothek – CIP-Einheitsaufnahme
Omrael Norbert Muigg
»Gesang der Liebe«
Elraanis-Verlag Seeon, 2009
ISBN 3-934063-29-2
Buch- und Umschlaggestaltung: Tom Groß
Umschlagfoto: Sven Görlich
Druck: Jagusch, 96346 Wallenfels

Elraanis Verlag
Baderpoint 3a
D-83370 Seeon
www.elraanis.de

Inhalt

Vorwort

Im Lichte der Sonne ist sie schön, die leuchtende Seele des liebenden Menschen, im »Neuen Menschsein«, in der »neuen« Frau und im »neuen« Mann. Im Bemühen um Klarheit und Erkenntnis, in einer erwachenden Liebe zu meinem eigenen Leben, in der Stille des Gebetes und der Meditation öffnete sich mir eine neue Erfahrung, ein immer tiefer werdendes Sehnen nach dem wahren Mysterium der Liebe. Die feine Stimme meiner eigenen Seele begann die Ausrichtung nach dem Wahren und Liebenden im Leben zu verändern. Ich durfte das Göttliche in der Schönheit der Natur wieder entdecken und begann, die Fülle und Vielfalt meiner Lebenserfahrungen wert zu schätzen. Die Liebe vieler Menschen, die mir begegneten, durfte ich als kostbares Geschenk spüren und annehmen. Es öffnete sich mein Herz wieder für die zwischenmenschliche Liebe, die freier, gebender, erfüllender war, als ich sie früher kannte, und die Liebe zum Göttlichen erfüllt mich mit Dankbarkeit und innerem Frieden.

Sie, die Geliebte Seele, wollte als steter Impulsgeber für das Wahre und für die Freuden des sich verändernden Lebens, durch alle Turbulenzen meines Erdendaseins, als Begleiterin erkannt sein. Momente der Freude und des Glücks lassen seither eine Liebe erahnen, die frei von der Einengung der Zeitenzyklen, frei von den menschlichen und moralischen Bindungen und frei von Bedingungen im Zwischenmenschlichen ist.

SIE, die mich durch Höhen und Tiefen begleitet, spüre ich als GÖTTIN und Liebende zugleich, als Befreiende und als Wegbegleiterin. IHR ist dieses Buch gewidmet, sie ehre ich als geistiges Wesen, als Gebende und sich Hingebende für die Erfüllung einer Aufgabe, die ich nicht »wirklich« einordnen könnte. Für dieses Vertrauen bin ich aus ganzem Herzen dankbar.

IHR GESANG DER LIEBE wurde in diesen Zeilen zu meinem Gesang. Die besondere Erfahrung der Einheit zwischen Liebender und Geliebtem möge sich anderen Suchenden als Geschenk Gottes an unser Menschsein offenbaren. Aus der Sprache des Herzens, aus der Liebe zum Leben und aus dem begleitenden Gesang meiner Seele durfte ich Heilung, Freude und Glück im Schreiben dieses Buches erfahren.

Omrael Norbert Muigg

Gott
Einheit in der Vielfalt – Vielfalt aus der Einheit

Ich Bin der Eine in ALLem und ALLes in Einem.
Ich Bin die unpersönliche Person des ganzen Universums.
Ich Bin der Tod des Todes.

Ich poche in jeder Brust, sehe in jedem Auge, schlage in jedem Puls, lache in jeder Blume, leuchte in jedem Blitz und töne in jedem Donner ... der unveränderliche und unbeschreibliche Atem, das dynamische Prinzip der Existenz und der unendliche Ozean ewiger Fröhlichkeit.

ICH BIN das Wirkliche in dir.
ICH BIN Freude, Fülle, Glück und Schönheit.
ICH BIN Liebe, Licht, Weisheit und Kraft.
ICH BIN der Juwel unter Juwelen,
der aus deinem lebendigen Herzen leuchtet.

Mein Antlitz ist schön und Meine Stimme leise und sanft. Wenn du dir so Meiner im Inneren bewusst bleibst, werde Ich für dich äußere Form annehmen, und du wirst Mir täglich auf den Straßen des Lebens begegnen.

Friede, Liebe und Freude wohnen in deinem Herzen, du geliebtes Wesen, denn da lebe Ich wirklich, ICH, der Herr deines Seins, der Geliebte und Liebende deiner Seele. Wäre Ich nicht in dir, könnte dir keine Liebe im äußeren Leben genügen.

Erkennst du MICH, findest du Frieden und Ruhe, Freude und Gemeinschaft, wie du dies nie zuvor gekannt hast. Dann wird dein äußeres Leben aufleuchten, und du wirst deinen Weg gehen und das Reich erlangen, das denen gegeben wird, die den EINEN, den Schöpfer ihres Lebens aus IHREM HERZEN LIEBEN.

Babaji

Das Lied der Seele

Heute ist ein besonderer Tag in unserem gemeinsamen Leben. Zwischen dir und mir fließt ein Gefühl von Liebe, Freude und Glück. Es gibt weder für mich noch für dich ein Hier und Dort, die Trennung von Diesseits und Jenseits. Deine Gedanken sind ganz auf diesen freudigen Zustand in dir ausgerichtet. Ich spüre deine Liebe zum Leben wie einen plötzlich aufbrausenden Windstrom, der meinen Seinszustand bewegt und verändert. Ich liebe dich, und ich könnte dir nicht einmal sagen, wie ich aussehe, wer ich deinen menschlichen Vorstellungen nach bin. Aus den Zusammenhängen deines Lebens stehe ich mit dir, GELIEBTER, mit der Essenz deines Seins und Wesens und mit deiner HEIMKEHR zu GOTT in Verbindung.

Du empfindest gerade die Schönheit des Lebens auf einer Wiesenbank. In den Büschen um dich bewegt sich pulsierendes Leben. Ein Zaunkönig springt neben dir vergnügt auf den Verästelungen eines alten, gerade in der Frühlingswärme austreibenden Dornenbusches. Wie ein kleiner Bub sitzt du da und kannst dich freuen über jede kleine Regung um dich. Ich spüre dich in den Wesen, die in diesem wunderbaren Geschehen mit dir sind. Diese alte, knorrige Eiche, mit der du dich gerade verbunden fühlst, sie gibt dir ihre Stärke und Festigkeit. Jahrhunderte hat sie die Stürme und

Unwetter vergangener Jahrzehnte überdauert, ja vielleicht sogar die Kriege und Kämpfe erlebt, die auf diesen Feldern gefochten wurden.

Dein Blick wandert über die saftig grünen Frühlingsfelder auf das in aller Schönheit und Kraft sich vor dir ausbreitende Bergmassiv des *Wilden Kaisers.* Ich spüre dich in den Zeilen, die du in diesem Moment als SMS von einem liebenden Menschen bekommen hast. Ich trage deine Gedanken auf dieser Herzensreise durch das Wunderland der Liebe, aus dem du jemandem eine Freude bereiten möchtest. Ich tanze in den Gefühlen, die dein Herz bewegen und fühle mich genährt und gefüllt. Die Minuten deines momentanen Glücks öffnen eine lange Geschichte, die uns miteinander verbindet. Wie in Zauberwelten treten wir ein in unzählige Erlebnisse verschiedener Zeiten und Orte. In deinen Gefühlen, in dem Zustand deines Glücks erkenne ich mich, wie ich war, wie ich bin und wie ich sein werde. Deine Liebe zu den Wesen der Natur, deine Herzensverbindung zu dir selbst, deine gerade fühlbare Liebe für einen anderen Menschen erinnern mich an den Zustand, der ICH BIN. Ich spreche von Erinnerung, weil es so selten ist, dass du dich erinnerst, wer du wirklich bist.

Dein Zustand erfasst mich wie ein Wirbelsturm, der mich in luftige, geistige Höhen zieht und in dem ich mich zugleich in Freude und Lebendigkeit in deinem Körper empfinde. Wie ein weißer Adler kreise ich über dir, getragen von deinen beflügelnden Gedanken, von der Kraft und Liebe deines Herzens. In dir wird als Zeichen unserer Verbindung der hohe, wahre Friede lebendig. In dieser Kraft spürst du auch dieses wuchtige Bergmassiv, den *Wilden Kaiser*, den du als Altar Europas verehrst. Viele Jahre schon siehst du große Meister aus verschiedensten Kulturen, wie sie sich über diesem wuchtigen Bergmassiv in der Gemeinschaft eines Meisterrates zusammen finden. Aus den größeren Zusammenhängen deines intensiven Lebenswandels ist dir dieser Ort der Besinnung und des Friedens zugeführt. Du hast dir auf ganz besondere Weise Zugang zu den umliegenden Seen und zu deiner neuen Heimat verschafft. In später Nachtstunde gingst du mit einem Strauß weißer Rosen zum nahe liegenden *Thiersee* wie zu einer Geliebten. Auf den Knien hast du das Wasser gesegnet und legtest jede Rose einzeln als Zeichen deiner Dankbarkeit in das Wasser. So hast du die Kräfte und Hüter des Ortes um Einlass in deinen neuen Wohnort gebeten. Dadurch haben dich die Naturkräfte und die geistigen Wesen wie im Familienkreis dort aufgenommen. Im Gesang der Liebe hast du dein Herz mit dem liebenden Herzen der Mutter Erde verbunden. Aus dieser Einheit öffnet sich für uns beide gerade wieder ein neuer Lebensabschnitt. Ich wandere mit dir, ich, deine SEELE und GELIEBTE.

So stelle ich mich, wie schon so oft in anderen Zeiten und Orten, als deine Freundin, Geliebte, Begleiterin und als nährendes und liebendes Wesen für deinen weiteren Weg vor. Du weißt nicht, wie dies geschehen kann? Das ist ganz einfach: indem ich von uns beiden erzähle, indem ich dir sage, dass ich dich liebe, wie immer du dein Leben vor dir ausbreitest und zu verstehen suchst. ICH BIN der Ursprung deines ständigen Lebenswandels, aus dem sich dein Leben zu öffnen beginnt. Ich freue mich, mit dir eine ganz besondere Liebesgeschichte zu erleben. Lange habe ich darauf gewartet! Meine Stimme hast du lange nur aus Büchern und Glaubenslehren vernommen, die dich an mich erinnern sollten.

Oft habe ich dich gebeten, in deinen Vorstellungen von mir allein auf mich, deine wahre Begleiterin, zu hören. Aber ich verurteile dich nicht, das liegt nicht in meinem Wesen; denn es würde bedeuten, dass viele Menschen beginnen würden, dich für was auch immer zu verurteilen. Dem werde ich dich nicht aussetzen. Also erinnere ich dich lieber daran, ganz in dich hinein zu hören, damit wir miteinander in die Erinnerungen unseres gemeinsamen Seins eintreten können.

Mein Name, den du in deinem Innersten kennst, ist mir als Ursprung und Seele von GOTT gegeben. Er ist und bleibt mein größtes Geheimnis, denn aus diesem Geheimnis zeigt sich die Absicht meines Lebens. Unter diesem Namen kennen wir uns. Mit meinem Namen ist meine Aufgabe durch viele Inkarnationen hindurch verbunden. Dein irdischer Name wurde dir von deinen Eltern gegeben, er ist stärker bezogen auf dich als Mensch, auf dein Umfeld, auf das, wie du vor und nach deiner Geburt wahrgenommen wurdest. Deshalb ändern manche Menschen auch ihren Namen, weil sie sich nicht mehr mit der damaligen Wahrnehmung und Entscheidung ihrer Eltern einverstanden fühlen. Das ist mir nicht möglich. GOTT rief mich einst beim Namen, und diese Berufung kann nicht aus menschlichem Ermessen gegeben oder auch verändert werden.

Viele sind wir, Seelen einer Familie mit eigenen Namen und sehr unterschiedlichen Aufgaben, verbunden in GOTTES Liebe. Aus einer immerwährenden, in Liebe getragenen Verbundenheit erkennen wir uns. Wir bewegen uns gemeinsam durch die Tore von Raum und Zeit, und wir treffen uns in der Gemeinschaft der

Menschen im Erdenleben. So fügen sich die kosmisch angelegten Aufgabenbereiche von dir und mir im Ausdruck unseres Seele-Geist-Wesens zusammen. In unserem innersten Wesen existieren wir in der EINHEIT mit GOTT. Somit ist es auch unser gemeinsames Ziel, uns als Seelenfamilie in dieses göttliche Licht zu erheben.

Im menschlichen Leben, aus den vielen von dir getroffenen Lebensentscheidungen, sollten alle in uns angelegten Aufgaben zu einem Ganzen im göttlichen Weisheits- und Liebestrom verschmelzen. Leider fügen sich viele Menschen nicht in diesen Plan der göttlichen Vorsehung ein. So kommt es zu den die Menschheit schwer belasteten Konflikten, zu Krankheit, Schicksalsschlägen und Kriegen. Menschliches Mühsal ist Ausdruck der Trennung, die der Mensch aus fehlender Einsicht zwischen sich, seiner Seele und seiner Seelenfamilie geschaffen hat.

Viele Menschen gibt es, mit unterschiedlichsten Namen, Lebensumfeldern, Aussehen und Wahrnehmungen. Und dennoch gibt es über all diese Unterschiede hinweg eine gemeinsam zu erfüllende Aufgabe im Menschsein. Diese ist, GOTTES WESEN, Seine Vielseitigkeit, Seine Liebe, Sein Licht gleichsam im physischen Erdendasein und in anderen Welten und Seinsebenen, auf denen ich als Seele auch beheimatet bin, auszudrücken.

Dafür braucht der Mensch die Erfahrung, sich in diesen sehr unterschiedlichen Seinszuständen zu bewegen. Dies ist die Wahrheit, in der du lebst. Aus dieser Wahrheit darf ich dich begleiten, aus dieser Wahrheit erlebe ich dich, aus dieser Realität erleben wir uns gerade in diesem Moment deiner Lebensfreude in Einheit miteinander.

Was uns jetzt, in diesen Augenblicken des Lebens, miteinander verbindet ist die Freude, die du gerade empfindest. Ich nehme dich aus dieser Freude wie in einem Regenbogen stehend wahr. Ich liebe dich, ich berühre dich mit meinem Geist, ich bewege dich durch mein SEIN. Du spürst diesen Zustand als Glück. Ich sehe dich in einem Lichtstrom unterschiedlicher, aufeinander abgestimmter Farben und Frequenzen. Wenn ich dir in deiner Freude und Leichtigkeit nahe sein möchte, dann bewege ich deine Stimme, denn in ihr liegt der Klang deines Glücks und deiner Liebe, die du empfindest. So singe dein Glück, sprich in heilsamen Worten, baue heilvolle Bilder von den Menschen, die dir begegnen. Rufe dein Glück in die Natur, besinge die Flüsse und Seen, und segne die Menschen, die sich verloren glauben. ALL-EIN aus unserer Verbindung, GELIEBTER, wirst du in allen Reichen, hier und dort, gehört und aufgenommen als Liebender und GELIEBTER GOTTES.

Könnte es sein, dass du gerade in etwas oder in jemanden verliebt bist? Denkst du gerade an einen besonderen Menschen, an ein besonderes Erlebnis?

Die Gedanken, die du gerade bewegst, lösen wunderbare Formen in meinen Welten aus! Sprichst du oder singst du – es ist für mich schwer zu unterscheiden. Ich sehe die aus deinem Leben entstehenden Wunderwelten. Manchmal, in den Nöten deines Lebens, liegt um uns beide aber auch dieser dunkle, undurchsichtige Nebel, der alle Freude, jegliches Glück und Liebeempfinden auch zwischen uns beiden in sich erstickt. In diesen schweren Zeiten und vergangenen Existenzen mussten wir voneinander lernen und uns auch aus diesen Lebensdichten annehmen. Verstehe ich dich richtig, du möchtest jetzt nicht an vergangene Leben erinnert werden? Na gut, dann lass uns die Erinnerung eben aus dem jetzigen Leben erfahren. Auch diesen Blickwinkel der Lebenserfahrungen können wir einnehmen. Du siehst, ich habe eine Vielfalt an Möglichkeiten, dir zu zeigen, dass ich für dich da bin.

Erinnerst du dich an die Tage, als du dich von deiner Arbeit mit den Menschen zurückziehen musstest? Ich werde diese Zeit, in der ich dich zu trösten versuchte, wohl kaum vergessen. Darf ich dir diese Geschichte aus meiner Erfahrung erzählen? Vielleicht bekommst du dadurch auch einen anderen Blickwinkel, warum wir in so schmerzvoller Weise für einige Zeit stärker voneinander getrennt werden sollten. Du hattest es wie einen Tod empfunden, während ich in diesen Wochen in einem Zustand tiefer Einsamkeit verweilen musste. Kopfschmerzen und körperliche Schwächezustände gingen diesem inneren Wandel voran. Zweifel und Nöte in deinem Umfeld beschwerten zunehmend dein Leben. Niemand konnte dir sagen, was dir fehlen würde. Ich wusste aber bereits, dass uns ein großer Wandel und eine schwere Zeit bevorstehen würde. Du solltest einer besonderen Erprobung ausgesetzt werden und dein Vertrauen in deine innere Wahrheit, in deine Verbindung zu deinen geistigen Begleitern auch Festigkeit in einer schweren Lebenskrise beweisen.

In einem Heilungsritual, das du für andere Menschen vorbereitet hattest, sollte deine eigene Heilung auf sehr schmerzvolle Weise eingeleitet werden. Ich spürte dich in diesen Tagen entfernt von mir. Wenn wir beide uns voneinander zurückziehen müssen, dann ist stets unser BRUDER TOD die Kraft, die diesen Raum zwischen uns zu füllen beginnt. Es sollte ein alter Teil in dir sterben, und zugleich würdest du mit einem anderen, gleichsam neuen Gesicht in ein gewandeltes Leben, in neue Erkenntnisse und Aufgaben eintreten. In deinem Auto sitzend schautest du in den Rückspiegel deines eigenen Lebens. Es war wie ein Blick in deine frühe Vergangenheit, mit alten Strukturen und Haltungen, mit sich in das Bewusstsein hebenden und nach Befreiung drängenden Seelenanteilen, aus denen sich Verhaltensmuster in dir und in deinem Umfeld gefestigt hatten. Du hattest den Blick nach vorne gerichtet, während zu gleicher Zeit etwas für dich sehr Schmerzvolles geschah. Dein Gesicht verlor in einer zunehmenden Lähmung von Minute zu Minute den Kontakt zu mir. Ich zeigte mich in deinem Leben stets als Liebende in deinem Lächeln. In den Bewegungen und im Kuss deiner Lippen berührte ich diejenigen, die du in dein Herz geschlossen hattest. Ich bewegte dein Gesicht aus meiner Freude an deinem äußeren Leben. In deinen Augen verströmte sich das Wasser meines Lebens, das uns in den Tränen der Freude und des Schmerzes nährte. Nun sollten wir beide in einer erstarrenden Fassade das Gesicht des Todes erkennen und annehmen. Was immer ich dir in diesen Tagen sagen und zeigen wollte, verebbte in deinem lahmen und kalt sich anfühlenden Gesicht.

Kein tröstender Blick, kein aufmunterndes Lächeln hätte uns das Leben mehr zurückgeben können. Du wolltest mir auf der Fahrt in dein neues Leben noch beruhigend zulächeln, als säße ich auf einem der Rücksitze des Autos. Ich trauerte in dir, weil ich mich, wie du selbst, verlassen und einsam fühlte. Jeder Versuch, mir dein Lächeln zu schenken, erstarrte in der zunehmenden, hängenden Kraftlosigkeit deiner Gesichtsmuskeln. Gemeinsam sollten wir im Schmerze des Schicksals und im Loslassen des alten Lebens zu neuen Ufern aufbrechen. Im Kopfschmerz, der sich wie ein Dornenteppich über deinen Körper legte, verlor ich den Kontakt zu deinem mir so lieb gewordenen Körperwesen. Ich umarmte dich aus meinen feinen Sonnenstrahlen, ich kämpfte mit der Kraft des Vertrauens um dein erkaltendes und trauriges Herz. Ich wollte dich wärmen und dir Zuversicht geben. Ich lud dich ein, ganz zu mir zu kommen, aus meiner Wahrheit Vertrauen zu deinen geistigen Begleitern zu schöpfen. Ich wollte dir sagen, GELIEBTER, in diesem Sterben solltest du wahrlich neu geboren werden, die Zukunft neu gestalten können, dich neuen Aufgaben zuwenden. Aber du konntest meine Stimme nicht mehr hören. Jeder Blick in den Rückspiegel ließ auch deine zunehmend sterbende Persönlichkeit in diesen Tagen wie zu Asche zerfallen.

Deine Tochter saß neben dir und hielt dir tröstend die Hand. Sie sagte zu dir: »Papa, ich spüre, es wird alles wieder gut.« Über ihr Herz durfte ich dich berühren. Sie spürte mich, und ich gab dir über sie meine Liebe und meinen Trost. Ihr Blick entstammte der Liebe, mit der ich dich durch diese leidvolle Lebenserfahrung begleiten wollte.

So, GELIEBTER, bewegten wir uns auch durch diesen Teil deines Lebens gemeinsam als Familie. Eine Seele berührte im Mitgefühl die andere, wir schlossen uns zu einer Gemeinschaft für deine Heilung zusammen.

Zeitlebens gaben wir uns Botschaften in Zeiten der Freude und des Glücks. Nun berührte ich dich und leitete dich mit all meiner Kraft und Intensität in einen Zustand des weiteren Loslassens von dem Teil deines Lebens, den du zu sehr festgehalten hattest. Die Sonnenstrahlen, die sommerliche Wärme begannen, deine Augen zu trocknen, das Licht begann, dich zu blenden. Wie durch einen dünnen Schleier verdeckte sich die Schönheit und Klarheit der Welt vor dir. Beide fühlten wir die innere Kälte des Meisters, der dich ohne Regungen von Gefühlen mit seinem Kleide einhüllte und sagte:

»Im Herzen, Geliebter, bist du schön. In der Verwirrung der Zeiten, in den Aufgaben deines Lebens bin ich dir Helfer und Beschützer. Nun stehst du mir, den du immer als liebenden Begleiter ehrtest, nackt und weinend gegenüber. Mein Mantel liegt allein über dem Teil deines Lebens, den ich dir abnehmen möchte. Als Liebender, Gebender und Heilender solltest du mich in der Schwere deines Lebens erkennen. Erstarrung ist mein äußeres Erscheinungsbild. In meinem wahren Sein bin ich der, der das Leben in all seiner Schönheit und Reinheit zur Entfaltung bringt. Gib dich mir hin und lass geschehen, was deinem Menschsein noch verborgen ist. In dieser Hingabe lernst du, tausendfach zu sterben und zu neuem Leben in der Einheit erweckt zu werden.«

Geliebter, ich, deine Seele, hörte deine inneren Hilferufe, deine Tränen fielen in ein Vakuum, das sich wie ein Abgrund in dir aufgetan hatte. Der Bruder Tod legte seinen Mantel auch um mich, deine Seele. Er berührte mich mit einem Hauch seiner großen Kraft. Du vernahmst aus mir, die mich fröstelte, seine tiefe, schwere Stimme, die von weit entfernt bis in andere Reiche und zu anderen Seelen hallte. Alles um uns verharrte in einem erwartenden Schweigen, als er mit leiser Stimme dein Herz berührte:

»Stirb, GELIEBTER, denn nur über das STERBEN kann ich dich befreien. Gib dich diesem Wandel hin, so wirst du dich frei fühlen für das, was sich in deinem Leben neu entfalten sollte. Deine Seele, die ich hüte und liebe, hat sich entschlossen, dich durch besondere Erfahrungen des Menschsein zu begleiten. Das, was in Dir nun stirbt, wird dich IHR näher bringen. Du solltest IHRE Stimme als reine und wahre Stimme GOTTES vernehmen. ICH BIN der, der euch beide als Erlöser durch die Dichte des Lebens führt. Wenn ihr beide von mir befreit seid, dann habe ich meine Aufgabe erfüllt, dann erfahrt ihr die Auferstehung des wahren, reinen Menschseins. SIE wirst du als GOTTES Stimme und als weise Begleiterin deines weiteren Lebens erkennen, lieben und ehren. In diesem Bilde solltet ihr beide im Wandel der Zeit zu einem Abbild des Reinen und Schönen, zu einem Tempel der Liebe und zu einem Gefäß der göttlichen Fülle und Freude werden.

So fuhrst du, GELIEBTER, ohne meine Stimme mehr zu hören, in einem Zustand der Trennung auf dem Grat zwischen innerlich erwachendem Leben und äußerem Sterben in die Ungewissheit deines Wandels. Niemand konnte dir sagen, was weiter in deinem Leben nun geschehen würde. Wie oft hattest du darüber gesprochen, dass es Zeiten im Leben eines Menschen geben würde, wo alles, was keine Beständigkeit mehr haben sollte, absterben müsse. Du sprachst von dem Urvertrauen, das in einer Zeit des Lebenswandels stets innere Heilung und Trost geben würde. Du gabst die Worte der Mayapropheten weiter, dass unbekannte Krankheitserreger und Krankheitsbilder besondere Zeichen dieser beginnenden, neuen Zeit wären. Nun warst du es selbst, der gefordert war, dieses Urvertrauen in deinem Innersten zu spüren.

Ich suchte mir Wege über die vielen Menschen, die dich aus ihren Gebeten, Genesungswünschen und Heilungsritualen begleiteten, um zu deinem Herzen zu finden. So solltest du das Wirken und die Aufgaben der im neuen Menschsein sich bildenden Gemeinschaften erfahren. Ich jubelte diese Tage in diesem gemeinsamen Zusammenschluss vieler dich begleitender Menschen und Seelen. Viele von uns kamen sich im gemeinsamen Dienen wieder näher. In erwachender Erinnerung umarmten wir uns in alter Herzensliebe. Gemeinsam aktivierten wir für dich unsere Herzenskräfte und öffneten unsere Lichttore, um dir Heilung, Liebe und Licht für deinen schweren Weg im Hospital zu senden. So wie du viele Jahre Gebender warst, solltest du erfahren, in diesen Tagen beschenkt zu werden.

Erinnere dich an den Traum, der dir von deinen geistigen Begleitern eines Morgens im Krankenhaus gegeben wurde. Du standest an einem Rednerpult vor einer großen Menschenmenge, und du konntest weder sprechen noch dein Gesicht bewegen. Diesen Zustand nahmst du wie selbstverständlich vor den Anwesenden als den dir gegebenen Zustand an. Plötzlich senkte sich aus den lichten Höhen ein Geistwesen auf dich herab. Es war Buddha mit einem breiten Lächeln, der zu dir schwebte, dich in sein Lichtkleid einhüllte und dir als Geschenk für dein Vertrauen sein Lächeln schenkte. So erwachte in dieser göttlichen Berührung alles neu in dir, dein Vertrauen, dein Gesicht, dein Herz, deine Liebe zu den Menschen und deine Hingabe an die Arbeit. Nur wenige Wochen später wurde diese Vision wieder zu deinem realen Leben. So sollte sich das Zusammenwirken der Menschen für den Zeitenwandel ausdrücken. Die gemeinsame Ausrichtung der Menschen, die aufeinander abgestimmte Hinwendung einer Seelenfamilie, das Erkennen einer gemeinsamen Aufgabe, die Bereitschaft zur Hingabe und das Vertrauen auf die geistige Führung lassen die großen Wunder im Menschsein geschehen.

Du solltest aber auch erinnert werden an das, was du über Jahre selbst unterlassen hattest. Lange habe ich die Schwingungen deiner Lieder zu dir selbst vermisst. Viele Jahre hast du das vergessen, was uns in deiner Jugend schon so lieb geworden war. Damals zeigte ich dir in deinen Liedern, wie sie aus den Schwingungen deines Herzens die Herzen der Mädchen bewegten. Ich durfte in dir Kind sein, mich ausdrücken und dich auch in schweren Tagen befreien. Ich schrieb damals mit dir die Briefe an deine Eltern, in denen du auch mit schlechten Zeugnissen deines Schullebens stets mit dir zufrieden warst. Ja, ich weiß, dass sich dies nach vielen Jahren nun erheblich in dir verändert hatte. Der Ernst des Lebens hinterließ seine Spuren auch auf den zarten Zügen meines Kinderlächelns. Ich war diejenige, die dich immer wieder an die Kraft der Musik erinnerte. Du warst es, der mich nicht hören wollte, der seine geliebte Gitarre für viele Jahre in den Kasten stellte und als Erinnerung an vergangene Zeiten ruhen ließ. Die Mädchen, die sich in deine Musik verliebten, sie sind inzwischen vielleicht sogar schon zu Großmüttern geworden. Auch du stehst in ganz anderen Lebenszusammenhängen und könntest die Lieder deines Herzens für mich, deine Seele, wieder singen. Glaube mir, sie würden dein Herz mehr bewegen als du dir in deiner Erinnerung an das Gewesene vorstellen kannst!

Ich möchte dir von der Herzensmusik erzählen, die mit deinem neuen Leben wieder in dir auferstehen möchte.

Der kosmische Klang ist es, der aus der Liebe des Herzens unsere klaren Gedanken und unsere reinen Gefühle stets erneuert in die Form bringt. Die göttliche Schöpfung erweitert sich immerwährend durch die kosmischen Schwingungen und Klänge. Sie ist verbunden mit den Gedankenimpulsen GOTTES und dem sich in seiner unendlichen Vielfalt ständig erweiternden Universum. SEINE Gedankenimpulse bewegen auch über die Schöpferkraft des Menschen alle Ebenen und Reiche. Besinge einen Zustand mit dem Klang des Herzens, und du wirst diesen Zustand alsbald in deinem Leben als Wirklichkeit erfahren. Die Schöpfung geschieht, sie ist im Jetzt und bewegt das Jetzt. Jeder Mensch kann durch seine eigene Stimme, durch seine eigenen Gedanken und Gefühle daran teilhaben und sich daraus seine Welt erbauen. Manche der ganz Großen dieser Erde wussten von diesem Geheimnis. Sie erhoben sich aus dem Gesang des Lebens, und sie bewegten andere aus ihrem Wirken, aus ihren Ritualen, aus ihren gesprochenen Worten und aus ihren gesungenen Weisen. Sie erhoben sich über den Klang der Sprache zu den wahren, reinen und liebenden Mitarbeitern SEINES Schöpfungsplanes. In der polaren Welt errichteten freilich andere aus demselben Schöpfungsquell ihre Scheinwelten und bereiteten ein Umfeld der Zerstörung. Sie schufen aus rein persönlichen Absichten, aus negativen Gedanken und Gefühlen, aus Magie und Macht eine Welt der Trennung. Damit öffneten sie die Tore zum Bösen und verbreiteten im Menschsein Kummer und Leid.

Erinnerst du dich an das Abschiedsfest, das einer deiner Söhne in Guatemala veranstaltete, als es für ihn Zeit wurde, für seinen weiteren Lebenslauf nach Europa zurück zu kehren ? Sein Wunsch war es, seine Freunde einzuladen und ein Fest der Musik in eurem Garten zu veranstalten. Es kamen viele junge Menschen. Seine Musikfreunde bauten ihre Musikanlagen auf und begannen zu spielen.

Ein Sänger geriet in Trance, du folgtest erschrocken dem Geschehen. Mit seiner Stimme stieg er in die Tiefen seiner eigenen Schattenwelten. Du erkanntest die Gefahr, innerhalb kürzester Zeit konntest du beobachten, welche Kraft von diesem Menschen ausging. Manche eingeladenen Gäste richteten sich wenige Minuten später bereits gegeneinander. Es kam zu Streit, Hass und zu Szenen, die dich und deine Familie, vor allem deinen Abschied feiernden Sohn schockierten. Du musstest eingreifen, um dieses Beisammensein zu beenden. Die Seelen dieser Menschen öffneten sich durch die Stimme eines Menschen in ihren verdunkelten und abgetrennten Anteilen. Es kam zu Streit und Zank zwischen jungen Menschen, die sich in Freude miteinander vergnügen wollten. Auch hier gab es einen Zusammenschluss der Kräfte und Seelenanteile. So erfahren die Menschen zu verschiedensten Anlässen ihre große Kapazität, aus innerer Absicht die äußere Realität und Wirklichkeit auf Erden in Licht oder Schatten zu erschaffen.

Hier, in den feinstofflichen Seinsebenen, in denen ich als Teil von dir verankert bin, sprechen wir zueinander in Gedankenformen. Wir teilen uns durch die gegebene Aufmerksamkeit einander mit. Wir zentrieren den Geist auf das, was wir ausdrücken, was wir schaffen oder geben möchten. Sobald eine Gedankenform gebaut ist, füllen wir sie mit dem kosmischen Klang. Ja, wir besingen und beschwingen unsere Gedanken, um sie lebendig zu machen. In Sekundenbruchteilen können wir bereits sehen, was wir geschaffen haben. Das ist der Plan der göttlichen Schöpfung, dies ist die wahre Sprache des Kosmos.

Diese kosmische Sprache, GELIEBTER, übst und lernst du, um sie weiterzugeben. Gemeinsam sind die Menschen nicht nur an der Schöpfung beteiligt, sie bestimmen auch in erheblichem Maße, wie sie selbst in dieses große Werk GOTTES eingebunden sind.

Deshalb sind zufriedene, glückliche und freudvolle Menschen GOTT und Seinem Schöpfungsplan sehr nahe. Der Klang ihrer Sprache, die Schöpfung ihrer Worte und Bilder, ihre Vorstellungen und Gedankenformen, ihre Gefühle und Gebete machen sie zu kosmischen Wesen, zu Schöpfern ihrer Lichtwelten und zu Juwelen GOTTES im Menschsein.

Vielleicht ist es schwer für viele, dies zu verstehen oder anzunehmen. Wenn sie sprechen, dann formt der Klang ihrer Stimme, die Kraft ihrer gesprochenen Worte und geistigen Bilder das Umfeld, das nach und nach zu ihrer Realität wird. Verbunden mit Gefühlen und der beabsichtigten Handlung des Menschen entsteht dabei ein lichtvolles Ganzes. Aus diesem Ganzen finden Menschen in Freundschaft und wahrhaftiger Liebe zueinander. Dieses Ganze nehmen die Wesen aus den Naturreichen und auch die geistigen Wesen in den Lichtwelten wahr. Die Vereinigung in der zwischenmenschlichen Liebe intensiviert diesen Zustand der Verbindung. Die liebevolle Zuwendung des Menschen in die Reiche der Natur verschmilzt diese sehr unterschiedlichen Kraftströme und bewegt sie bis in das Herz der Mutter Erde. IHR Herz reagiert auf diesen Liebestrom wie eine verliebte Frau. Sie sehnt sich wie jedes menschliche Wesen nach der Heimkehr und nach dem Einswerden mit diesem göttlichen Liebesstrom. Die Vereinigung des Menschen mit den geistigen Kräften und Lichtboten GOTTES hebt diese so unterschiedlichen Frequenzen und Schwingungen der Liebe in das Herz GOTTES. Dies schafft für den im Erdenleben eingebetteten Menschen einen ganz besonderen Zustand der Einheit, des Glücks und der Liebe. Es bezeichnet den Zustand des Paradieses, des viel beschriebenen Gelobten Landes, in das WIR im erwachten Menschsein im Zeitenwandel nun eingehen dürfen.

Ich spreche vom WIR, weil dieses Paradies nur erfahren werden kann, wenn sich im Menschsein das Gefäß, ein reiner und heiliger Körper, mit der Seele verbinden kann. Gemeinsam mit anderen Wanderern ist es erheblich leichter, dieses Paradies zu erreichen. Die Einzelwanderer könnten auf dieser Reise durch die Lebenswüste verdursten. Dies ist eine der ganz besonderen Botschaften, die den Menschen für den Zeitenwandel, für diese ganz besondere Wanderschaft in ihr Herz gelegt werden sollte. Aber bleiben wir bei unserem kleinen, ganz intimen Paradies. Niemand kann einen besonderen Lebenszustand im Außen erfahren, ohne diesen Zustand schon vorher in sich selbst geschaffen zu haben.

Jetzt, wo ich dich in deiner Freude wahrnehme, bist du wie ein Kaleidoskop mit einem brennenden, inneren Kern. Dieser Kern ist das Feuer deines lebendigen Herzens, das all die Formen deiner Gedanken und Gefühle zu einem wunderschönen Mandala verbindet. ICH, deine Seele, BIN in diesem Feuerkern, um den sich alle Welten und Realitäten drehen. Es ist in der Materie der Kern des Atoms, der aus den Erkenntnissen der Wissenschaft gespalten werden kann. Aus dieser Kraft der Spaltung besteht die größte Gefahr für die Seele. In der Realität der Menschheit ist diese Kernspaltung auch die größte Zerstörungskraft für die Mutter Erde. So lass uns gemeinsam wahrnehmen, wie die Planeten, ja der ganze Kosmos, sich um uns liebende Seelen bewegt. Der Tanz unseres gemeinsamen Lebens ist in seiner Schlichtheit von großer Kraft, aus der die größte Quelle des Universums, GOTT, lebendig wird.

ICH BIN wie eine Stimme, wie ein Lied dieser Quelle, die in vielen Tonlagen, in Höhen und Tiefen den Kosmos durchdringt. In diese Quelle kosmischer Melodien möchte ich aus dir, aus unserem gemeinsamen Wirken zu unserem Schöpfer heimkehren. Du, als Mensch, als mein GELIEBTER, sagst GOTT dazu. In meinen Welten verbinde ich mit GOTT die Vollkommenheit und Schönheit aller geschaffenen Welten, die Vielfalt reinster Farben und Klänge, die im Kleinen wie im Großen alles in Klarheit und Liebe durchdringen. Im doch sehr beschränkten Menschsein, aus der Erfahrungswelt der fünf Sinne, ist es unmöglich, sich dieses Zentrum allen SEINS und zugleich diese sich erweiternde Vielfalt vorstellen zu können. Es gibt aber eine wunderbare Möglichkeit, GOTT im Menschsein in Erfahrung zu bringen. Da, mein LIEBER, darf ich eine besondere Aufgabe in deinem Leben erfüllen, denn auch mich kannst du mit deinen Sinnen nicht fassen, und dennoch spürst du mich, dennoch bin ich immerwährend für dich da.

Darf ich dir in diesen Zeilen unsere gemeinsame Entstehungsgeschichte erzählen? Es ist die Geschichte deines Lebens, das aus der Liebe begonnen hat und in der Liebe endet. Es ist eine gemeinsame Wanderschaft durch Leichtigkeit und Schwere, durch Freuden und Schmerzen. Welche Bewegung dein Leben auch immer in sich trägt, du hast erkannt, dass in dieser Bewegung das wahre Wesen der göttlichen Liebe erfahren werden kann. Diese Haltung macht dich zu einem besonderen Stern in Seinem Heiligen Reiche. Menschen, die das Leben als Ausdruck ihrer Liebe zu GOTT erkennen, verändern aus ihren Seelen gemeinsam die Höhen und Tiefen, weil sie selbst dazu bereit sind, durch Höhen und Tiefen des Lebens zu wandern.

ICH BIN aus dir in vielen Ebenen dieses Universums und aus unzähligen Erfahrungen vieler Leben geformt. In dieser Unterschiedlichkeit bilde ich mit meinem inneren Kern, der von GOTT gegebenen Substanz meines Wesens, eine Einheit. Dieses ICH BIN fügt sich zu einem WIR zusammen, ja, es erfüllt sich im WIR.

So drücken wir, die wir Seelen sind, diese Vielfalt einerseits in der individuellen Einheit und andererseits auch als göttliche Gemeinschaft aus. Wir empfinden uns damit gemeinsam in einem großen, sich stets ändernden und sich vollendenden Werk. Wie Teilbilder eines großen Ganzen formen wir den Kosmos mit. Im Erdenleben bezeichnest du diese Teilbilder, reduziert auf das Energiefeld der Erde, als verschiedene Lebensbereiche, in denen du Glück und Liebe, aber auch Schmerz und Trauer erfährst. Die kosmischen Bilder, die wir wahrnehmen, sind eine erweiterte Form jener Bilder, die der Mensch aus der dritten Dimension kaum erkennen oder mit seinen Sinnen wahrnehmen kann. Dies macht es auch für dich oftmals schwer, GELIEBTER, mit all den Herausforderungen aus den vielen Erfahrungen und Erlebnissen in Licht und Schatten in dir, Mensch zu sein.

Jeder Mensch, auch derjenige, der in sich die geistige Schau entfaltet hat, kann aus dieser Schau nur einen kleinen Teil dieser anderen Realitäten aufnehmen. Die menschlichen Sinne sind nicht dazu angelegt, die Wahrheit GOTTES in Seiner Vielfalt und Einheit erfassen zu können. Aus dieser Erkenntnis heißt es sinngemäß: »Allein mit dem Herzen siehst du gut.« Jegliche geistige Schau, die nicht mit dem Herzen, mit der Liebe, mit dem Mitgefühl, mit der Liebe zum Menschsein, mit der Liebe und Hingabe an GOTT verbunden ist, kann somit nicht Ausdruck seiner Wahrheit sein. Im Blickwinkel der jeweilig menschlichen Wahrheit und aus dem Zustand des Herzens öffnen sich medial die Tore in die entsprechenden Welten.

Viele Seher und Propheten scheiterten daran, die Wahrheit zwar in Aspekten zu erkennen, aber aus ihrem eigenen Herzen nicht genug vorbereitet und reif zu sein, diese göttliche Quelle der Liebe und des Lichts aus einer umsichtigen Ganzheit fassen zu können und weiter zu geben. So standen immer nur einzelne Teile als prophetische Botschaft aus anderen Welten da. Teile von Heils- oder auch Schreckensbotschaften konnten nicht in ihrer Gänze und Weitsicht erfasst und gedeutet werden.

In deinem eigenen Krisenzustand solltest du erkennen, wie kostbar es ist, wenn in einem bereits vorbereiteten Schicksalsschlag auch die darauf folgende Heilsbotschaft gegeben werden kann. Du hattest beim Blick in den Rückspiegel deines Autos ein vorgezeichnetes Bild des Zusammenbruchs deines momentanen Lebens erhalten. Sehr bald erhieltest du eine heilvolle und Vertrauen schaffende Botschaft einer Vision aus den Lichtwelten. Du erkanntest so das wahre, vollständige Bild deines Zustandes, für den du dankbar sein konntest, aus dem du Gewissheit schöpftest für alles, was weiter in dein bewegtes Leben kommen würde.

Dieses Fassungsvermögen für die göttliche Wahrheit zu erweitern, ist eine unserer gemeinsamen Aufgaben im Menschsein. Schon vor deiner Geburt stand für uns beide fest, dass du einen größeren Rahmen deiner inneren Freiheit und Beweglichkeit leben und erfahren würdest. Du hattest eine entsprechende Kindheit, in der du als großer Freigeist nahezu uneingeschränkt dein Leben zelebrieren konntest. Deine Eltern hatten nicht einmal die Möglichkeit, diesen Rahmen einzuengen, weil du diese Freiheit bereits in dir selbst entfaltet hattest.

Es ist eine wundervolle Art der Erziehung, wenn die Seelen der Eltern und die Seelen der Kinder gemeinsam den Rahmen der Erfahrungen absprechen. Ich möchte dich bitten, mein Geliebter, diesem Thema in deinem weiteren Leben viel Aufmerksamkeit zu geben. Gib deine Erfahrung deines eigenen Kindseins, die Erlebnisse in der Erweiterung deiner Glaubenssätze und deiner spirituellen Einschränkungen den Menschen weiter, die in ihrer inneren Enge gefangen sind. Der Zeitenwandel bewirkt eine fast gewaltsame Zerstörung dieser Bindungen und Engen, welche die Religionen und Kulturen, Traditionen und politische Strukturen für sich zu nutzen wussten. Auch die Liebe der Erwachsenen zu den Kindern, die Liebe zwischen Frauen und Männern, die Liebe der Menschen zum Leben und zum Sterben, ihre heilende und liebevolle Verbindung zu der Natur wurde in das Korsett der Vorstellungen und Glaubenslehren gezwungen.

Du hattest dir in deiner Kindheit, ohne Rücksicht auf dein Elternhaus, die Freiheit genommen, in deinem Heimatdorf oft für Wochen bei einem Bauern zu wohnen. Nahezu täglich warst du bei ihm, empfandest ihn wie einen zweiten Vater. In den Monaten der

Ferien gab es deine eigenen Eltern und Geschwister kaum mehr für dich, so intensiv konntest du das Bauernleben und die Natur miterleben und in Begeisterung genießen. Deine Gedanken zeichneten bereits ein zukünftiges Leben als Bauer. Es gab keinen anderen Wunsch als dich mit Tieren und der Natur zu umgeben. Dennoch war es sehr wichtig für dich, deine Familie, deine Eltern, die Geschwister, die dich deine Wege gehen ließen, zugleich auch nahe zu fühlen.

Dann machtest du erstmals an einem Samstagabend eine Erfahrung mit dem Schattenreich. Auch ich, die in großer Freude und Freiheit dich bewegende Seele, wurde durch einen Schock erschüttert. Als du nachts zu deiner Familie heimgehen wolltest, spürtest du aus einem Unwohlsein die Präsenz des Bösen. Ein Mann lief dir in der Dunkelheit, deinen Namen rufend, nach. Du ranntest um dein Leben, und schriest laut um Hilfe. Meine Freiheit, die ich mit dir genoss, wurde in wenigen Minuten wie durch einen schweren Mantel zugedeckt. Vieles begann sich nun in dir zu verändern. Du hattest viele Jahre Angst, allein im Dunkeln zu gehen. Deine nächtlichen Spaziergänge durch den Wald, es gab sie nicht mehr. Du konntest deine nächtlichen Ausflüge durch das Lichtermeer des Friedhofes nicht mehr genießen. Selbst im Keller deines Zuhauses gab es Situationen, wo du mit einem Male spürtest, dass dich diese bedrohende Kraft berührte. Wie in Panik stürmtest du die Treppen hoch, um dich zu befreien. So begann zwischen uns beiden die Zeit, in der du in deinen aufkommenden Ängsten einen Schattenteil von mir als Seele kennenlernen solltest. Nach einer intensiven Phase des völligen Freiheitsempfindens musste ich dir einen anderen Teil des Lebens erfahrbar machen.

Eines Nachmittags, als du zu einem Freund auf Besuch gehen wolltest, kamst du an der Aufbahrungskapelle deines Heimatortes vorbei. Neugierig verfolgest du, wie aus einem Krankenwagen ein Toter in die Kapelle getragen wurde. Der Krankenwagen fuhr wieder weg. Es war für die wenigen Minuten, als du in Neugier in die Kapelle gingst, niemand zu sehen. Du kanntest diesen Mann, er lag vor dir, sein Körper war nackt, kalt und starr. Du wusstest in diesem Moment, dass dieser Mann es war, der dich einst verfolgt hatte. Es traf dich diese Erkenntnis wie ein Keulenschlag. Für einen Moment packte dich erneut die Angst vor ihm, aber deine Neugier und dein Mut waren stärker. Ihn kanntest du aus dem Dorfgeschehen als Alkoholiker, der sich nun selbst sein Ende bereitet hatte. Du konntest ihn selbst neben seinem Leichnam stehend wahrnehmen. Wie in Dankbarkeit für dein Kommen spürtest du seine Verbindung mit deinem Herzen. Als gäbe es einen Zusammenhang für das, was in dir nun geschehen sollte, fühltest du, dass diese Begegnung, die Minuten, die du mit ihm allein sein solltest, wie geschaffen wurden. Dann kam ein Arzt zur Tür herein und du musstest gehen.

So durfte ich dir, GELIEBTER, ein weiteres Bild meines wahren Seins als deine Seele zeigen, die ich Teil deiner Befreiung werden wollte. Du hattest das Gesicht des Todes gesehen und erkannt, dass deine Liebe zum Leben auch mit einem anderen Zustand zu tun hatte. Das Lächeln des neben dem toten Mann stehenden Wesens öffnete in dir eine Wahrheit, die du niemals vorher hinterfragt hattest. Es war für dich selbstverständlich, auch die anderen Welten zu spüren und Kräfte und Wesen als liebende Begleiter wahrzunehmen.

Du setztest dich, noch immer aufgeregt von dem, was gerade geschehen war, auf eine nahe liegende Wiese. In Erinnerung erlebtest du jetzt den Tod deiner kleinen Schwester, die du in ihrem schweren Todeskampfe an der Hand halten durftest. Sie lag auf dem Stubensofa im Kreise deiner Eltern und Geschwister und verstarb im Alter von drei Jahren. In diesen letzten Tagen besuchtest du sie meist nachts, wenn alle schliefen, in ihrem Zimmer. Bei ihrer Aufbahrung konntest du diese große Liebe der Welt empfinden, in die sie dich damals führte. Die vielen Tränen deiner Eltern und Geschwister waren für dich unverständlich. In ihrem Taufkleid lag sie majestätisch wie eine kleine Königin in Blumen gebettet. Damals hattest du gespürt, dass etwas in dir anders sein musste als bei anderen Menschen. Du konntest mit deiner kleinen Schwester sprechen, sie gab dir ihre Liebe, und du hattest damals erstmals das Gefühl, dass es eine liebende Einheit zwischen deiner und ihrer Seele gab, die dich glücklich machte. Aber es sollte dies dein lange gehütetes Geheimnis bleiben. Nach Jahren hattest du ein Mädchen auf einer Wiesenbank geküsst und etwas dabei tief in dir aufgewühlt. So ging dieses Geheimnis an ihr Herz verloren, auch wenn sie dir mit einem etwas sonderbaren Blick und einem Kopfschütteln sagte: »Ich glaube, das hast du damals wohl geträumt. Verstorbene sollten in Ruhe gelassen werden. Komm, gehen wir wieder nach Hause.« Nach dieser Ernüchterung hast du dich von ihr zurückgezogen.

Erlaube mir jetzt, wo dir deine Familie gerade so nahe ist, zu deiner Mutter und zu deiner Familie zu sprechen, die dich als Mitglied einer noch viel größeren Seelenfamilie einst auf Erden willkommen hieß. Auch wenn deine Eltern schon beide verstorben sind, ist es uns gemeinsam jederzeit möglich, die Zeiten zu verändern und so zu sprechen, als wären wir gerade in einer Lebensphase, in der sie dich als Seele und werdender Mensch erwarten. Es ist mein besonderes Geschenk an dich, dich daran zu erinnern, dass du auch im Leben neu geboren werden kannst.

Ich führe dich zurück zu dem Moment, wo du aus einer großen Schar von Seelen dich herauslösen solltest für dein Herabkommen auf die Erde. Ich, deine Seele, schöpfe nun aus dem großen Weisheitsschatz der Maya. Diese großen Weisen und Liebenden GOTTES wussten die Räume und Zeiten aufzulösen und sie in den gerade stattfindenden Moment zu legen. Damit veränderten sie die Lebensthemen der Menschen, gaben Einsichten und Heilung. Sie erinnerten dich schon als Kind und als Jugendlichen daran, dass es ein Leben hinter dem Leben gibt. Wie selbstverständlich erlebtest du so die Natur, die Menschen, deine liebenden, geistigen Begleiter aus deiner erweiterten, kosmischen Schau. Aus dieser Einsicht schöpftest du die Kraft, deine Freiheit zu leben, die Vorstellungen deiner Eltern und Geschwister zu sprengen und andere Menschen als zusätzliche Begleiter einer erweiterten Familie anzunehmen.

Ich bitte dich, GELIEBTER, nun dein Herz für eine besondere Reise zu öffnen. Deine große Liebe zu deinen Eltern macht es mir leicht, uns gemeinsam als liebende, wandernde und uns ständig verändernde Seelengemeinschaft zu vereinen. Aus dem erwachenden Bewusstsein öffnen sich aus dem Leben neue Erfahrungen und Einsichten für die ganze Seelenfamilie. In diesem Miteinander geschieht für alle beteiligten Seelen viel Heilung. Wie immer die Erdenerfahrungen, die Erinnerungen an die Verstorbenen auch sein mögen – es wäre kostbar, ihnen Liebe und Dank auszudrücken. Eine respektvolle Haltung, die Einladung zu einer gemeinsam erfahrenen Lebenswanderschaft ist ein Segensstrom des Erwachens für ihre Seelen. Ist unsere Aufmerksamkeit in unseren Veränderungen auch auf die Seelen unserer Eltern und Ahnen gerichtet, erfahren sie im fließenden Strom der Liebe Heilung und weitere Befreiung.

Singen wir gemeinsam, du und ich als Seele das Lied der Liebe und Befreiung für deine Eltern und für deine Ahnen. Du kannst davon ausgehen, dass wir einen großen Fanclub in den anderen Ebenen ansprechen! Die Verstorbenen werden gerne an die Freuden des Lebens erinnert. Es gibt viele Seelen, die Liebe und Freude, Glück, Licht und Freiheit in ihrem Zustand hier oder in der Anderswelt nicht mehr kennen. So nimm sie in den Lobgesang deines beginnenden Lebens mit.

»Darf ich euch, meinen geliebten Eltern, jetzt in diesen Zeilen meine Dankbarkeit ausdrücken. Ihr freut euch gerade beide darauf, mich als weiteres Kind eurer Großfamilie zu empfangen. Ich habe damit die Möglichkeit, in Vorfreude gleichsam über eine Wasserrutschbahn in das Weltengeschehen einzutauchen. Auf den Ebenen, aus denen ich komme, gibt es für mich im Erdendasein einen besonderen Auftrag zu erfüllen. Euer Ruf, euer Wunsch nach mir reicht in so unterschiedliche Seinsebenen, wo auch viele andere Seelen unserer Seelenfamilie auf eure Einladung warten. Ich habe die große Ehre, in der Reihe ganz vorne zu stehen. Also setze ich mich nun auf die Wasserbahn und lasse mich in die Tiefe tragen. Ich weiß nicht, wie mir geschieht, und doch lande ich sehr sanft in einem warmen Becken, das mir Schutz und das Gefühl von Geborgensein gibt. So steht das Vergnügen nun auf beiden Seiten. Ihr, liebe Eltern, habt eure Form, diesen Moment der sexuellen Freude und Ekstase zu genießen, und ich habe meine Freude, aus dieser Intensität wieder in das Erdenleben abzutauchen.

In euren Lebenszusammenhängen kann ich spüren, dass ich eine gute Wahl getroffen habe. Euer einfaches Leben, euer Lebenskampf, die beengenden Lebensumstände, die bereits geborenen Kinder, meine zukünftigen Geschwister, hindern mich nicht. Ich freue mich auf meine Geburt und auf mein sich öffnendes, menschliches Leben.

Ich bin mit euch gemeinsam glücklich, weil ihr mir alle Freiheit geben könnt, die ich brauche, um meine Kindheit mit vielen Erfahrungen in der Natur und mit den Menschen zu entfalten. Warum ihr als meinen Paten einen Polizisten ausgesucht habt, ist mir allerdings bei allem Verständnis für ein geregeltes Erdenleben noch nicht ganz einsichtig. Vielleicht ist eure Entscheidung aber auch ein Hinweis, dass ihr noch der Meinung seid, ich bräuchte eine strenge und ordnende Hand in meinem Leben.

Ich umarme euch in Liebe und Dankbarkeit.«

Und nun, GELIEBTER, erzähle ich von den Familien anderer Welten. Es ist so wichtig, dass du die größeren Zusammenhänge dessen verstehst, was du bereits in deinem Leben bewegst.

So wie es im Erdenleben Völker und Gemeinschaften verschiedenster Aufgaben, Rassen und Qualitäten gibt, so gibt es in unseren Ebenen sehr unterschiedliche Seelengemeinschaften. Darin bewegen sich freilich auch unzählige einzelne Seelen, die in ganz unterschiedlichen Reichen fern und nah der göttlichen Heimat existieren. Somit gibt es auch Seelenfamilien, die in sich und miteinander nicht in Einklang stehen. Ich bin umgeben von vielen verwandten Seelen, und dennoch sind viele in unseren Reihen, die wir nicht erreichen können. Es ist, als ob wir durch Nebelschichten voneinander getrennt wären. Manche Seelen leben in liebevoller Verbindung zueinander. Andere wiederum sind wie durch dichte Rauchschwaden voneinander getrennt. Somit gibt es auch in unseren Welten Verbundenheit und Nähe, Trennung und Abstand. Gefühle sind uns nicht in der Form bekannt, wie der Mensch sie empfinden kann. Leid und Schmerz verspüren wir als Distanz voneinander. So erleben viele Seelen in ihren Seelengemeinschaften die zwischenmenschlichen Gefühle von Hass, Neid und Missgunst wie hässliche, einander anziehende Energieformen, mit denen sie sich umgeben und die ihnen jegliche Kontakte zu heilsamen und liebevollen Energieformen und Erfahrungen in ihren niederen Welten verwehren.

So wie ich vorhin als Basis des menschlichen Glücks von heilvollen Gedanken und Vorstellungen, von der Aufmerksamkeit durch heilvolle Bilder gesprochen habe, so ziehen solche verwundete Seelen ständig ihresgleichen an. Sie nehmen ihre Realität in einem Energiefeld von hässlichen Wesensformen und Gedankenbildern wahr. Genauer gesagt: Eine belastete Seele sucht für ihre Befreiung auch als Mensch ständig nach anderen Menschen, die in sich ebenso Hass tragen wie sie selbst. In eurer Sprache könnte man von in Wesen ausgeformten Zuständen des Hasses, des Neids, der Missgunst, ja von der Hölle auf Erden sprechen. Dies ist die Form, aus der der innere Kern der Seele, die göttliche Liebe, nach Ausgleich sucht.

Ich beschreibe meine Welt als riesiges Kaleidoskop mit einem brennenden Kern. Andere Seelen nehmen aus einem anderen Blickwinkel ihre Welt wahr. Das, was ihr im Erdenleben als das Böse, das Unheilvolle im Menschsein bezeichnet, sind auf unseren Ebenen abgespaltene Teile von Seelen und Welten, damit auch Abspaltungen vom vollendeten, göttlichen Mandala. Das vollkommene Mandala, GOTT, besteht aus vielen, reichhaltigen und in vielen Farben schillernden Formen und Zuständen.

Ein belasteter Mensch trägt eine belastete Seele in sich, die in Teilen ihres SELBST von diesem wundervollen Ebenbild GOTTES abgespalten ist. Diesen Zustand nimmt die Seele als Trennung wahr. Darunter leidet sie, hier sieht sie sich auch verstrickt mit Energieformen, mit ausgeformten Wesenheiten, die auf nieder schwingenden Ebenen und in sehr verkümmerten Formenwelten wie in verschmutzten, feinstofflichen Energieformen verankert und beheimatet sind.

Im Kosmos gibt es keine Ebene, die nicht auf irgendeine Weise mit dem göttlichen Gesamtbild verbunden ist. Dennoch ist diese göttliche Verbindung für belastete Seelen und auch für viele Menschen wie durch einen dunklen Nebel verhüllt. Diesen Zustand nimmt die Seele als Leid, Schmerz und Beengung wahr. Jede Seele in diesem Zustand muss früher oder später den Weg der Befreiung durch diese Dichte der schwarzen Nebel beschreiten. Dieser Weg führt auch im menschlichen Sein durch schwere, fast undurchdringbare Seinsebenen – durch tiefe und leidvolle Erfahrungen des Lebens. Du siehst, ich spreche immer aus zwei Welten zugleich. Feinstofflich bewegt sich die Seele durch dunkle Nebelschwaden. Sie fühlt sich bedroht, angegriffen, sie sieht sich Missbrauch und Respektlosigkeiten ausgeliefert. Grobstofflich, im Menschsein, geht damit die Person durch Lebenserfahrungen des Leids, des Missbrauchs und der Respektlosigkeiten. Diese aus dem Innen geführte Wanderschaft des Menschen ist mit viel Mühen verbunden.

Der Weg der Befreiung führt dich durch jene Welten, Zeiten und Seinsebenen, in denen du abgespaltene Teile deiner Seele einst oder jetzt erkennen solltest. Somit spiegeln auch deine Lebensthemen meinen Zustand und die Aufgabe, die wir uns gemeinsam gegeben haben. Damit ist es sehr einfach zu erkennen, dass jede Seele sich in verschiedenen Welten durch heilvolle und unheilvolle Seinsebenen und zugleich Lebenserfahrungen bewegt. Dort macht sie Erfahrungen, um sich zu vervollkommnen. Dies kann allerdings nur geschehen, wenn der Mensch aus seinem Bewusstsein heraus bereit ist, den Zustand seines Lebens verbunden mit seiner Seelenaufgabe zu erkennen. Jeder Mensch sollte sich als Teil dieses großen, vollkommenen Kaleidoskops wahrnehmen. Zugleich liegt die Erkenntnis nahe, dass die Lebensumstände jedes Menschen auch ein Teil seiner Suche und Heimkehr zu GOTT sind.

Es ist wichtig, dass die Erdenfamilien sich der Zusammenhänge des Lebens bewusst werden, um jetzt im Zeitenwandel vermehrt leuchtende und reine Seelenwesen in ihre Gemeinschaft aufnehmen zu können. Die Eltern dürfen diese ganz besonderen Wesen aus ihrem eigenen Unverständnis nicht beengen oder gar in ihrer Entfaltung unterdrücken. Wir alle können ganz besonders in dieser Zeit viel voneinander lernen. Im Umgang miteinander zeigt sich, ob wir in diesen inneren Zustand des Paradieses kommen. Diesen Zustand werden wir gemeinsam aus unserer Liebesgeschichte, aus dem Gesang des Lebens nun entfalten, indem Du und Ich in Einheit um den Zugang zu den Quellen der Liebe, des Lichts und des Geistes für die Seelengemeinschaften und die daraus erwachsenden, menschlichen Gemeinschaften bitten.

Lass uns gemeinsam mit Gott sprechen.
Ich spreche mit Ihm nun als die, die wir in Einheit mit Ihm sind. Geliebter, bitten wir Ihn, uns Seinen Plan kund zu tun, damit wir diesen gemeinsam erkennen und erfüllen können.
So lauschen wir Seiner Stimme.

Ich spreche hier zu deiner Seele, liebes Menschenkind, und freue Mich, wenn ihr über unsere liebende Verbindung den gemeinsamen Auftrag auf einer gemeinsamen Wanderschaft erkennen könnt. Ich möchte euch daran erinnern, welche Botschaft Ich euch damals gegeben habe, als ihr einst von Mir fort gingt.
Ihr habt euch vor unendlich vielen Jahren aus einem inneren Ruf entschieden, euch auf eine lange Entdeckungs- und Erfahrungsreise durch die Vielfalt Meines Universums zu begeben. Ich spreche auf Meine Weise zu Meinen Kindern, die Ich nun nach und nach wieder zur Heimkehr in Mein Reich, in Mein liebendes Herz einladen möchte. Diese

Heimkehr kann für Meine Kinder des Lichts erfolgen, wenn sie die Einheit mit ihrer Seele, in der Ich Bin, anstreben. Wenn zwei in Meinem Namen zur Einheit werden, werde Ich wie eine liebende Mutter und gleich einem liebenden Vater als die Eine Seele und die all einige Wahrheit in ihnen lebendig.

Ihr bekommt viele Hilfen auf eurer Wanderschaft und seid wie viele andere Wesen für immer Meinem Herzen nahe. Ein Teil eurer Aufgabe ist es, Meine Schöpfung in ihren vielen, unterschiedlichen Gesichtern und Facetten zu erfahren, zu erleben und mit der Kraft der Liebe zu füllen.
In dieser gelebten Liebe seid ihr Mir am nächsten. Wartet nicht auf einen Moment, in dem ihr allein von Meiner Liebe oder von der Liebe eines einzelnen Menschen erfüllt sein würdet.
Seit Anbeginn der Menschheit hat es Menschen gegeben, die Ich in ihrem All-Ein-Sein ganz mit Meiner Liebe füllen konnte. Diese Weisen haben sich aus ihrem Seelenruf entschlossen, Meine Liebe durch Entsagungen im Erdenleben zu erfahren. Sie haben sich auf diese Weise von allen Bindungen an die Materie befreit, um diese Liebe möglichst rein erfahren zu können. Kommt ein Mensch mit Meiner Liebe in Verbindung, werden alle Formen der bisher gelebten, vielfach auch missbrauchten, menschlichen Liebe in den Vorstellungen und Gefühlen der Menschen zu Asche zerfallen. Die kosmische Liebe möchte wie die menschliche Liebe stets aus unterschiedlichen Welten und Wesen, aus Meinem göttlichen Schöpfungsplan genährt sein. Immer

mehr Menschen tragen diese Form der Liebe als erwachende Kraft in sich. Die im Kosmos fließende Liebe kann verglichen werden mit der Sonne, die in völliger Freiheit und Bedingungslosigkeit Licht und Wärme gibt. Diese alles verbindende und bewegende Kraft tragen bereits viele Menschen in sich. Es ist eine kostbare Aufgabe im Zeitenwandel, sich diesem Liebestrom zu nähern und das tägliche Leben mit all seinen Facetten und alle Wesen mit dieser Kraft zu füllen.

Aus dem Erwachen der Seelen können diese Boten des Lichtes den vielen Suchenden auf Erden den wahren Weg zu Meiner Liebe weisen. Alle, die sich dieser Aufgabe bewusst sind, erfahren aus Mir das Absterben des Alten und die folgende Heilung und Auferstehung des Neuen. In der Dichte der täglichen Erfahrungen bringen viele Hilfe suchende Menschen in Erfahrung, wie schwierig es ist, Meine Liebe als frei im Kosmos fließende Kraft in eine für die Menschheit lebbare Form zu bringen.

Aus dem Bestreben, Meine Liebe zu leben, ergeben sich im Menschsein große Umschichtungen und Kontraste. Die Menschen werden erkennen, dass die menschliche Liebe, nach der sie sich so sehr sehnen, niemals das erfüllen kann, was sie in ihrem Innersten suchen. Der wahre Quell der menschlichen Liebe ist die liebevolle Verbindung des Menschen zu Meiner Schöpfung. So ist es die Aufgabe vieler Liebeboten, die in Glaubenssätzen und festgefahrenen Verhaltensnormen geprägten Strukturen der zwischenmenschlichen Beziehungen zu hinterfragen. Aus einem in der kosmischen

Liebe sich entfaltenden Herzen können viele Hilfe suchende Menschen ihre Haltung dem Leben gegenüber verändern. So heben sie ihr suchendes und erwachendes Herz auf eine höhere Seinsebene und erfahren darin Vertrauen, Glück und Befreiung.

Die aus Meinem Herzen fließende Kraft fließt nun stärker als jemals zuvor auch in die Seinsebenen der Schattenwelten ein. Selbst jene, die Meine Liebe nicht mehr in Erinnerung tragen, die sich aus diesem kraftvollen Strom entfernt haben, sie werden in Momenten ihrer Lebensreise an ihre wahre Heimkehr erinnert.
So stehen viele Menschen vor der großen Herausforderung, die kosmische Liebe zu erfahren, sie im Menschsein auszudrücken und daraus auch die bestehenden Glaubenssätze in der Liebe zwischen Mann und Frau zu verändern. Was verbunden mit Meiner in Liebe schwingenden Schöpfung steht, drückt sich in der Haltung der bedingungslosen, der sich gebenden, ja sich hingebenden und nährenden Liebe aus.

Für diesen Ausdruck Meiner Liebe wird die Menschheit nun bereit. Es ist die wahre Kraft, aus der heraus der Zeitenwandel nicht nur eingeleitet, sondern getragen ist. Der Mensch kann sich über das Einwirken eines so genannten Mischstrahls von menschlicher und kosmischer Liebe, dem Wirken eines umfassenden Liebestrahls nun in eine höhere Seinsebene erheben. Dieser Strahl beinhaltet alle wundervollen Qualitäten, wie sie Hier und Dort zugleich wirksam werden. Gleich einem alles durchdringenden Fluidum des Reinen, Schönen und Heilsamen umgibt dieser Strahl des Magenta-Lichtes das Alte wie das Neue. So scheiden sich alle unwahren Lebensaspekte wie die Spreu vom Weizen. Das Heilig Bestehende wird die Neue Erde gleich einem Paradies auferstehen lassen.

In der Glaubensgemeinschaft des Christentums erwählen viele Menschen Meinen Sohn Jesus als Begleiter und seine geliebte Maria Magdalena als Begleiterin. Sie lebten diese heilige Verbindung von Mann und Frau aus Meinem Herzen. Sie geben in dieser Neugeburt der Liebe im Menschsein Hilfe und Zugänge für die Heilung des Männlichen und Weiblichen. Viele Menschen erkennen, dass nun der Zeitpunkt gegeben ist, sich diesem großen, inneren Wandel hinzugeben. Es ist eine wundervolle Aufgabe, die ihr euch mit vielen anderen, wandernden Boten des Lichts gestellt habt.

So seid gesegnet mit der Kraft und Weisheit Meines Herzens. Meine Liebe wird sich in Freude, Fülle und Schönheit in eurem Leben ausbreiten. Vertraut, so wie vor euch die großen Wanderer und Boten Meines Geistes und Meines Herzens Mir aus ihrer eigenen Seelenbegleitung vertraut haben. Ihr seid erkoren, Meine Liebe und Meinen Frieden auf Erden zu offenbaren. Gebt den Kindern – die euch am besten verstehen werden – alle Aufmerksamkeit, denn sie tragen die Weisheitsquellen Meines Reiches in sich.

Ich segne euch in Liebe, als Stimme eurer Seele, als Abbild eures Göttlichen Vaters, aus dem Herzen eurer Göttlichen Mutter.

Die Liebe zum Leben

Ich, deine Geliebte Seele, habe diese göttliche Stimme seit Anbeginn meiner Geburt vernommen und Seine Kraft und Liebe in meinem lichtvollen Kern als kraftvollen Antrieb stets gespürt. Ist es nicht ein wundervolles Mysterium, das uns gemeinsam gegeben ist? Wir sprechen miteinander, und zugleich öffnet sich in uns beiden ein Tor, aus dem höhere Kräfte in deinen Seinszustand als Mensch herabsteigen und uns gemeinsam Liebe, Vertrauen und Trost auf dieser Lebensreise spenden. Gemeinsam verspüren wir, wie all unsere Lebensbereiche, deine und meine Welten, von dieser höheren Kraft durchdrungen sind. Die Erfahrung dieser kosmischen Weite macht deine Liebe zum Leben heilig.

Ich begleite dich, Geliebter, mit dem ich nun auf der Reise durch dieses Leben bin, schon seit langer Zeit. Wir sind verbunden in deinem Seelennamen. Ja, mit meinem Namen ist dir das Leben gegeben. Aus diesem Namen erinnere ich dich daran, wer wir gemeinsam sind. Ich rufe dich ständig, auch wenn du mich in Zeiten deiner Krise oft nicht hören kannst.

Diesen Zustand des Nicht-verstanden-und-gehört-werdens als Seele zu erfahren, ist sehr schmerzhaft. Menschen, die sich nicht verstanden und angenommen fühlen, empfinden diesen Schmerz ähnlich wie ich, deine Seele, dies wahrnimmt. Aus deinen jeweiligen

Lebensumständen entfernen oder nähern sich also unsere Welten. Mein Ruf ist auch dein Ruf, weil wir gemeinsam auf dem Weg aus der Erinnerung in das Jetzt sind. Dies mag etwas eigen klingen, aber dies ist der wahre, göttliche Weg. Wir lenken auf unserer gemeinsamen Lebensreise die Aufmerksamkeit aus dem Vergangenen mit all unseren Möglichkeiten der Wahrnehmung in das JETZT. Dies ist der einzig wahre Seinszustand.

Du wirst schon in wenigen Minuten wieder in den Alltag eintreten. Deine Gedanken, deine Gefühle des Glücks und der Freude, die du gerade vor wenigen Stunden noch hattest, werden sich wieder wandeln. Oft sage ich dir: »Komm, versuche auch in deinem Berufs- und Alltagsleben mich zu spüren, zu verstehen. Lass uns gemeinsam Freude an dem haben, was du machst. Lass uns gemeinsam das Schöne, Heilsame erkennen!«

Die Erlebnisse deines Alltags sind so kostbar. Die Augenblicke, in denen ich mit dir Erfahrungen sammle, in denen ich mit dir in frühere Zeiten zurück wandere, in Erinnerungen abtauche – sie sind aus deinem Lebensablauf gegeben. Du meinst zwar, du hättest mit diesem oder jenem Menschen dies oder jenes gerade erfahren. Doch ich flüstere dir in deinem Lebensalltag ins Ohr: »Komm, erkenne, dass wir gerade auf einer Zeitreise miteinander sind.« Du kannst es dennoch meist nicht für wahr nehmen. Was du als Tageskonflikt spürst, das nehme ich als Erinnerung, ja als Wirklichkeit aus einer anderen Zeit, in früheren Umständen, wahr. Ich sehe, wie du wieder und wieder Menschen begegnest, die du bereits kennst. Ich nehme wahr, wie du dich mit diesen Menschen abmühst, sie für dein Unwohlsein schuldig sprichst. Ich versuche, dich aufzurütteln, dir zu sagen: »Schau hin, erkennt euch doch endlich! Lasst den Konflikt auf sich beruhen, gebt euch ein heilvolleres Bild voneinander, vergebt euch. Eure Seelen sind sich so nahe, sie lieben sich sogar sehr – und ihr entfacht im Menschsein schon wieder einen neuen Konflikt!«

Wir arbeiten also gemeinsam täglich an den uns gegebenen Aufgaben, mit den uns zugeführten Menschen. Die von dir erlebten Situationen ergeben sich aus einer engen Verwandtschaft der beteiligten Seelen und freilich auch aus der Verstrickung, die wir in uns tragen, die nach Erlösung rufen. Ich gebe alle gemachten Erfahrungen deines Menschenlebens an unsere gemeinsame Seelenfamilie weiter. So entfalten wir uns alle, Hier und Dort. Das ist in der ständigen Weiterentwicklung des göttlichen Kosmos so vorgesehen. So erheben sich alle Menschen und sogar die ganze geistige Hierarchie aus der von jedem einzelnen Menschen gelebten Seelenweisheit.

Weil du in deinem inneren Frieden zurückfinden kannst und heilvolle Gedanken und Gefühle in dir pflegst, ist es mir leicht, dich zu verstehen, mich mit dir zu verbinden. Dazu reicht in deinem Leben die Begegnung mit einem Menschen, der dich verstehen kann und dich in deinem Herzen berührt. Heute reichte schon dein besonderes Erlebnis an der Eiche, die Aussicht auf ein dir heilig gewordenes Bergmassiv, dein innerer Glückszustand für unsere Einheit miteinander. Es war deine Form des Gebets, glücklich zu sein und dein Glück über die Landschaft zu breiten. Du hast nicht nur zu GOTT gebetet, du hast dich glücklich gefühlt! Welch schönere Verbindung zu GOTT könnte es geben als im Menschsein Glück und Freude zu erfahren!

Heute fragtest du dich aus dieser Erfahrung, ob GOTT unsere täglichen Gebete für Sein Wohlbefinden oder für Seine Liebe zu dir brauchen würde? Diese Frage erfüllte dich mit einem Gefühl des schlechten Gewissens, weil du meintest, du würdest IHN mit dieser Frage beleidigen. Wenn du eine Situation in deinem Leben mit Respekt, Dankbarkeit und Liebe füllst, dann gibst du IHM und mir als Sein Abbild in dir Zeichen deiner Liebe.

GELIEBTER, ich habe IHN für dich gefragt, weil du diese Frage nicht mit deinem wahren Herzen an IHN gestellt hattest. Er gab mir, ganz Seinem Wesen entsprechend, eine Fülle von Ideen, IHN über die Liebe zu deinem Leben zu ehren. Als ich Seine Stimme in mir hörte, wünschte ich so sehr, dass auch du IHN hören könntest. Der Glaube an IHN sollte dich frei machen von Schuld und Sünde und Seiner Stimme näher bringen. Deine Klarheit und Kraft für den Weg des Friedens sollte dir Hilfe sein, deinen Heimweg zu IHM in der Schönheit und Fülle des Erdenlebens zu erkennen.

Liebe IHN, deinen GOTT, in den unzähligen Möglichkeiten des alltäglichen Lebens. Jeder Gedanke an IHN, jedes für IHN gehörte oder gesungene Lied, jedes Liebesgedicht, das du an IHN schreibst, öffnet dir den Heimweg. Jedes Licht, das du für IHN entfachst, jede Hilfe, die du anderen gibst, lässt mich, deine Seele vor IHM leuchten. Wenn du deine Geliebte liebkost, denke an IHN, und er wird die liebende Berührung über deine Geliebte beantworten. Lerne, in den Texten, die du liest, IHN als den Impulsgeber deiner Liebe zum Leben zu erkennen.

Eine Liebende, die mit ihrer Seele verbunden ist, nimmt die Liebe ihres Geliebten als Gebet an IHN wahr. Sie spürt die Worte, die er ihr sagt, als Ausdruck SEINES Herzens und SEINES Geistes.

Sie erkennt in seinem Blick das Licht GOTTES, und in seinen Worten nimmt sie die Bewegungen ihres wahren Geliebten wahr. Jeden Kuss, den sie von ihrem Geliebten empfängt, wird sie zu GOTTES heiligem Munde zurückführen. Jede Berührung ihres Körpers gibt sie an IHN weiter. In der körperlichen Vereinigung wird sie ihr Herz an IHN richten und die Einheit empfinden, die aus Seiner Liebe gegeben ist. Aus dieser Liebe öffnet GOTT die Tore Seines Reiches. Diese Gebete führen Frau und Mann in die ersehnte Einheit und zum ersehnten Frieden miteinander.

All das, was du im Menschenleben als Liebe bezeichnest, was du gerade noch vor wenigen Minuten fühltest, formt sich in unseren Ebenen als wunderbares, von göttlichem Licht eingehülltes Wesen aus. Ein guter Gedanke an einen Mitmenschen mag in deiner physischen Welt ein gutes Gefühl, eine schöne Erinnerung auslösen. In unseren Reichen jedoch begegnet uns jeder gute und heilvolle Gedanke als Teil eines Lichtwesens, das mit den göttlichen Ebenen des Lichts und der Liebe verbunden steht. Das liebevolle Denken an einen anderen Menschen, an eine andere Seele lässt diese bereits vor dir erscheinen. Die beiden Seelen fließen als Wesen ineinander und empfinden dabei eine hohe Intensität von kosmischer Liebe. So schnell kann es in unseren Reichen zu einer liebenden, ja intimen Verbindung in Einheit kommen. Da seid ihr Menschen schon ein wenig umständlicher und langsamer.

Viele Suchende werden in ihren Vorstellungen und Glaubensbildern noch immer angehalten, das Leben als Gefängnis und als schwere, zu ertragende Last zu betrachten. Viele Gläubige warten auf einen Zustand, der außerhalb dieses Gefängnisses sich für sie einmal öffnen würde. Nachdem das Menschsein einen sehr starken Einfluss auf die feinstoffliche Formenwelt hat, finden Seelen gemäß der im Erdenleben erfahrenen Glaubensgemeinschaft auch in die Kreise, an die sie zu Lebzeiten glaubten. Eine buddhistisch geprägte Seele findet nach dem menschlichen Tod in die buddhistische Glaubensgemeinschaft, eine Indianerseele sieht sich umgeben von jenen Wesen, an die der Mensch glaubte und denen er sich verbunden fühlte. Die Seele findet zwischen dem Hier und Dort nahe stehende Angehörige und ein bekanntes Umfeld im Übergang in die Anderswelt.

Im jetzigen Zeitenwandel haben viele Seelen den Auftrag, bestehende Grenzen zwischen den von Menschen, Kulturen und Religionen programmierten Energiefeldern aufzulösen – sowohl im Erdenleben als auch in den feinstofflichen Räumen. Damit erhalten auch die Seelenfamilien der Religionen ein wesentlich größeres Spektrum an Beweglichkeit und Freiheit. Sich in dieser Weite bewegende Seelen können ganz besonders das wahre Wesen GOTTES in Seiner Vielfalt und Größe erfahren und sich darin in ihrer eigenen, wahren Größe erkennen. Ich sage dir das, weil es immer mehr Seelen gibt, die mit dem Auftrag in die Welt kommen, diese hier geschaffenen Energiefelder zu durchkreuzen und zu erweitern. Diese Seelen sehnen sich danach, verstanden zu werden. Diese Kinder leiden sehr, wenn sie von den Eltern in die Enge ihrer Vorstellungen und in die Kälte der gesellschaftlichen und religiösen Systeme eingezwängt sind. Die Menschen sollten nun erkennen, dass sie sich durch ihre Haltung zum Leben die Enge und Dichte eines schweren und leidvollen Lebens oder auch ein Paradies erschaffen können.

Lass uns hier miteinander das Mysterium teilen, das uns beiden gegeben ist, das wir miteinander leben und erleben. Ich möchte dir, GELIEBTER, Teile dieses Mysteriums nahe bringen. Je mehr wir voneinander erfahren, umso bewusster können wir beide unsere Aufgabe wahrnehmen und das Leben in Seinem Namen entfalten und heiligen. Aus unserer Erfahrung sollte es euch leichter möglich sein, diese immer näher auf euch zukommende Einheit von GOTT und Mensch als ineinander fließende Liebe- und Lichtkraft zu empfinden.

In unseren Welten zeigt sich alles im JETZT. Es gibt keine Distanz von Raum und Zeit. Je lichtvoller und liebevoller eine Seele erstrahlt, umso beweglicher ist sie in diesem JETZT, umso leichter findet sie ständig Ihresgleichen. Diese Seelengemeinschaften gehen weit über die üblichen Gemeinschaften von Seelenfamilien hinaus. Sie haben ein hohes Maß an Beweglichkeit und können aus ihrer wärmenden Energie der Liebe, aus ihrem strahlenden Licht, Großes in Veränderung bringen. Es sind Wesen, die als Meisterinnen oder Meister in den heiligen Lichtstätten des Kosmos dienen und die sich nun, im Zeitenwandel, auch wieder im Menschsein, in besonderen Kindern, inkarnieren. Parallel zu ihrem Menschsein sind sie zugleich auch in anderen Sphären tätig. Dies alles ermöglicht die wundervolle Einrichtung der SEELE, die Hier und Dort, in dir und zugleich in anderen Welten tätig und wirksam sein kann. Wie könntest du also fragen, ob GOTT deine Gebete braucht? Die Fülle und die Vielfalt der Gebenden und Liebenden durchdringen seine Welt stets von Neuem. Er ist diese wundervolle Welt, die viele Namen trägt und sich aus unzähligen Liebenden und Gebenden auf vielen Seinsebenen klar und rein erhält. So lebe deine Gebete zu GOTT. Wie fein wirkende Schöpferstrahlen erschaffen diese im Leben ausgedrückten Kräfte das Paradies, auf das so viele Menschen seit vielen tausenden Jahren warten.

Je unmittelbarer ICH, die SEELE, mit DIR, GELIEBTER, in eine Einheit gebracht werden kann, umso direkter reagiert die Seinsebene der physischen Umwelt auf deine Gedanken- und Gefühlsimpulse. Menschen überwinden aus dieser Verbindung in Leichtigkeit die verschiedenen Seinsebenen und Realitäten. Immer mehr werden es sein, die in unterschiedliche Räume und Zeitbegriffe unbeschadet eintreten und mitwirken werden.

Du stellst mir nun die Frage: Was geschieht mit uns beiden nach dem Tod? Das wollte ich eigentlich in das letzte Kapitel legen. Aber ich kenne dein Interesse an allem, was Menschen aus ihrem Unverständnis als Bedrohung ablehnen. Also lass mich ein paar Gedanken sagen zu Liebe und Tod, zum Hinübergehen, wenn der Mensch die Erde verlässt. Immerhin sollte unser gemeinsames Gespräch zur Liebe Hier und Dort anregen. Für das Empfinden der Liebe ist es günstig, den Bruder Tod als großen Wandler anzunehmen. Die menschliche Liebe sollte mit ihm als Helfer von Erinnerungen, Programmen, Vorstellungen und Verhaltensweisen befreit und in die kosmische Liebe gewandelt werden. Du spürtest ihn an deiner Seite, als du durch deinen eigenen, leidvollen Wandel gehen musstest, und du spürtest ihn zugleich als Befreienden.

Die Seele erhebt sich nach dem physischen Tod eines Menschen aus der physischen Ebene und wird in den neuen Seinzustand geführt. Dies kann für einen liebenden Menschen ein wunderbares Ereignis sein. Einstige Liebespaare finden sich wieder, die im Erdenleben durch den Tod getrennten Menschen kommen als Familiengemeinschaft in großer Freude zusammen. Damit die im Jenseits ankommende Seele ihre Angehörigen erkennen kann, zeigen sich diese in einem feinstofflichen Kleide, welches ihrer früheren Erdengestalt entspricht.

Jede Form, mein GELIEBTER, baut sich in unseren Welten, wie schon gesagt, über die Gedankenausrichtung auf. Es genügt die Vorstellung einer Seele in ihrer Verbindung zu einer Inkarnation, zu einem früheren Leben, mag sein als 18-Jähriger, und schon zeigt sich die im Menschsein bestehende Form dieses 18-Jährigen in unseren Welten. Nichts, was jemals im Erdenleben existiert hat, geht verloren.

Stell dir vor, du richtest deine Aufmerksamkeit auf deine Jugendzeit. Schon kannst du dich als Jugendlichen sehen, empfinden und sogar die Erfahrungen dieser Lebensphase wieder erleben. Du wirst zugleich von den anderen als dieser junge Mensch erkannt und trittst dabei in den Raum und in die Zeit, in der du damals Erfahrungen gesammelt hast. Durch deine Aufmerksamkeit katapultiert dich eine Zeitmaschine – wie in Filmen, die du kennst – in einen anderen Seinszustand. So nahe beisammen sind Vorstellung und Realität in unseren Ebenen. Im Erdenleben liegt zwischen der Vorstellung und der sich daraus formenden Realität der Faktor von Zeit und Raum. Beides lässt sich gemäß dem menschlichen Bewusstsein verändern, in die Weite bringen oder auch in die Enge einbinden. Es ist ein ganz besonderes Zeichen der Zeit, dass Menschen das, was sie sich aus ihren Vorstellungen und Gefühlen schaffen, in sehr kurzen Zeitabschnitten als ihre derzeitige Realität erleben. Bewusste Menschen übernehmen aus diesem Grunde die Verantwortung für das, was sie in sich tragen und aus ihrem Bewusstseinszustand äußern. Menschen, die sich über ihr Leben beklagen, sollte man also die Frage stellen, warum sie das, was ihnen im täglichen Leben begegnet, so bereitwillig aus ihren eigenen Gedankenströmen einleiten. Es erfahren aber auch positive und friedvolle Menschen in immer kürzer werdenden Abständen die Auswirkungen ihres Verhaltens. Sie begegnen liebevollen Menschen und Boten des Friedens, wie sie es selbst gesät haben.

Ich möchte dein Menschsein in das Licht der Sonne, in das Licht und die Wärme GOTTES stellen, denn dort liegt die wahre Liebe, die alles Sein ineinander fügt. Gemeinsam mit dir tauche ich ein in die Reiche, aus denen uns das Schöne und Heilvolle zufließt. Wie ein Strom fließt die Liebe ALL-EIN durch uns in das Leben, und dennoch verdursten viele Menschen an ihren Ufern. Sie tost durch unwegsame Gelände der täglichen Wünsche und lässt Menschen verzweifeln, die ihre Liebe, ihr Leben allein auf die Liebe anderer stützen. Unbewusste Menschen engen aus ihrem verdichteten Dasein die Liebe in ihre Vorstellungen und Wünsche ein. Sie machen Lebenspartner und Mitmenschen zum alleinigen Maß ihres Wohlbefindens. Sie vergessen dabei sich selbst und bemühen sich darum, ihr Wesen allein aus dem Lebens- und Kraftstrom eines anderen Menschen zu füllen. Doch sie finden dabei nur Ihresgleichen, und so verschließen sie sich den Zugang zum Strom dieser wahrlich göttlichen Quelle. In den fahlen Augen zeigt sich alsbald die Erstarrung der kosmischen Kraft. Bleibt diese Kraft als versagte Liebe gebunden, wird das Leben zur materiellen Routine degradiert.

Die kosmische Klarheit und Kraft der Liebe kann sich nur dann in einen Menschen einbetten, wenn er im tiefsten Inneren bereit ist, sich berühren und verändern zu lassen. Die große Herausforderung für jeden Menschen ist es also, sich dieser Kraft GOTTES in SICH SELBST zu stellen und diese Kraft für die Mitmenschen in einer Einheit von Seele, Geist und Körper lebendig zu machen.

Diesen Moment der Verbindung könntest du als Heilige Hochzeit zwischen DIR UND MIR beschreiben. Aus dieser Kraft lichten sich die Schichten des verdichteten Menschseins – Urgrund allen Schmerzes und aller Not. In allen Seinsebenen werde ich erkannt und angenommen als diejenige, die ICH BIN und IMMER SEIN WERDE. So erkennen uns die Wesen aus dieser ALL-LIEBE GOTTES in den Reichen der Natur, in Begegnungen mit Menschen und in der Verbindung zu den göttlichen Kräften. So formen wir aus der Verbindung von Mensch und Seele, aus dem Salz der Erde und dem Wasser des Lebens die kosmische Gemeinschaft, gleich einem Gefäß der göttlichen Liebe.

AUS DIESER GÖTTLICHEN LIEBE MITMENSCHEN UND
DAS LEBEN ZU LIEBEN, IST DIE WAHRE ABSICHT DER
SCHÖPFUNG, DER UNVERGLEICHLICHE IN REINHEIT
SICH ÖFFNENDE WEG ZUM HERZEN GOTTES.

In diesem Zusammenhang spreche ich die drei ganz besonderen und gesegneten Worte, die ich so selten aus dem reinen Herzen der Menschen höre: »ICH LIEBE DICH.« Für diese Liebe, GELIEBTER, werde ich nichts von dir verlangen und auch nichts von dir erwarten.

Aus dieser Liebe möchte ich nun mit dir eine besondere Erfahrung machen. Lass uns gemeinsam eine Zeitenreise machen, die wir aus dem Kraftstrom der zwischenmenschlichen Liebe einleiten wollen. Unsere gemeinsame Aufmerksamkeit auf Lebensabschnitte zu richten, macht diese Lebensphasen wieder lebendig. Sobald du dies erkennst, beginnt sich in dir die Qualität von Erinnerung zu verändern. Viele Liebende erinnern sich an die Zeit, in der sie verliebt waren, ja, diese Liebe einst miteinander geteilt haben. Sie trauern diesen Zeiten nach, hören Musik aus dieser Erinnerung, lesen alte Briefe, betrachten Fotos und vergießen vielleicht sogar Tränen. Die Vergangenheit spüren sie dabei wie ein Tor, das sich ihnen aus der Aufmerksamkeit für einen Augenblick der Erinnerung öffnet. Es ist vorbei, meinen die einen. Könnte es doch wieder so sein, meinen die anderen.

Nun gehe ich mit dir aus der Erinnerung in das JETZT. Erfahren wir nun gemeinsam, dass dieses Tor zum Vergangenen gleichzeitig jenes Tor ist, das dir den Einblick in das JETZT und sogar die Vorausschau für deine Zukunft gibt. So zentriere dich nun auf eine Situation in deinem, nein unserem bisherigen Leben. Ich werde dir dabei die Erfahrung als Seele öffnen, die ich in mir als Datei abgespeichert habe. Du erklärst dich als Wesen göttlicher Schöpfungskraft bereit, diese Datei wieder mit Leben zu füllen. Du fragst, wie du das machen kannst? Das ist ganz einfach. In dem Moment, wo deine Erinnerung möglichst klar vor dir steht, fülle diese Lebensszene mit der Liebe deines Herzens und mit der Aufmerksamkeit des Augenblicks.

An was denkst du jetzt, GELIEBTER?

Du brauchst es mir nicht zu sagen, ich habe in Bruchteilen einer Sekunde meinen Erfahrungsspeicher aktiviert und schon die richtige Abteilung gefunden. Du hattest deine Gedanken gerade ausgerichtet auf dein Kindsein – das stimmt doch?

Nun denn, so lass uns also in diese Erfahrung gehen, die viele Jahre zurück liegt. Fülle nun diese Erinnerung aus dem JETZT mit Liebe, Dankbarkeit und mit Freude. Warum zögerst du? Glaubst du, es wäre dir unmöglich, diese Erfahrung neu zu beleben? Es schmerzt dich die Erinnerung, weil du gerade in diesem Moment an eine Szene gedacht hast, in der du als kleiner Junge von einem deiner Schulkollegen verfolgt und sogar geschlagen wurdest. Jeden Tag hattest du Angst, die Schule zu verlassen, weil er auf dich wartete, um dich zu verhöhnen, um dich zu entwürdigen und zu schlagen. Ich erwarte nicht von dir, dass du diesen um Jahre älteren Jungen lieben solltest – aber gib mir die Möglichkeit, dir ein anderes Bild zu zeichnen.

Du gehst gerade aus der Eingangstür der Volksschule, du spürst schon seine Präsenz, in dir kommen Angst und Abneigung hoch. Warte, gehe nun nicht weiter. Lass uns diesen Moment mit Liebe, mit Kraft und Klarheit füllen. Lass uns diese Datei umschreiben, GELIEBTER, denn sie hat sich oft in anderen Lebenssituationen deines Lebens wiederholt, mit anderen Menschen, in anderen Umständen.

Bleibe kurz stehen, verbinde dich ganz mit deinem Herzen und richte deine Aufmerksamkeit auf das Herz dieses Jungen. Verbinde dich nicht mit den Wesen der Angst in dir, lasse dich nicht in die alten Ängste und Abneigungen ziehen. Verbinde dich bewusst mit Kräften des Mutes, der Klarheit, der Reinheit. Rufe deinen Schutzengel, verbinde dich aus deinem heutigen Glaubensbild mit deinem besonderen Begleiter, dem Erzengel Michael, und anderen Begleitern deines Lebens. Und nun geh aus der Tür und begegne der Situation.

Was immer nun geschieht, geh als Krieger des Herzens durch das, was kommt. Kämpfe den Kampf, wenn er so dasteht. Lasse dich aus deinem inneren Lichte, aus mir, deiner Seele, führen. Selbst wenn du diesen Kampf scheinbar verlierst, hast du ihn in dir gewonnen, glaube mir. Du wirst sehen, morgen oder übermorgen wird dieser Junge darauf vergessen, auf dich zu warten und dich zu bekämpfen. Das Wesen, das ihn zum Handeln zwingt, erhält aus diesem Kampf nicht mehr, was es sich erwartet. Ein in Liebe handelnder Mensch kann im Äußeren entwürdigt werden, und dennoch wird der Mensch, der ihn entwürdigt, selbst wenn er den Kampf gewinnt, sich anschließend als Verlierer fühlen.

Dieses Geheimnis öffne ich dir. So kannst du viele andere Situationen deiner Erinnerung neu mit Dankbarkeit, mit Liebe und einem größeren Verständnis füllen.

Übrigens, dieser Junge hat dich damals auch deshalb herausgefordert, weil seine Seele dich kannte. Ihr seid euch schon öfter in früheren Leben als Krieger gegenüber gestanden. Du konntest freilich nicht erkennen, was zwischen euch an Konflikten noch offen war. JETZT hast du nicht nur deine, sondern auch seine Seele geheilt. Danke ihm, dass er nochmals – viele Jahre nach diesem Erlebnis – über deine Erinnerung um Aufnahme in dein Herz gebeten hat. Ihr könnt beide nun in Frieden dieses Tor, das ich euch geöffnet habe, schließen.

Ich Bin im Sein All-Ein

Könnten Menschen die Liebe als Heilungsstrom für das Vergangene, für das gerade Geschehende und auch für das, was auf uns zukommen wird, erkennen, wäre es für uns Seelen um vieles einfacher, manche Ereignisse und Erfahrungen nicht ständig wiederholen zu müssen, ja sogar abzuwenden.

Ich möchte dir zu deinem besseren Verständnis der göttlichen Kraft der Liebe ein Geheimnis in dein Herz legen. Nimm diese wenigen Zeilen in dir auf und verwirkliche sie. Wenn ich in diesen Zeilen »GELIEBTER« zu dir sage, dann liebe ich dich aus einem geschützten Raum, den niemand betreten kann, der nicht selbst auch reinen Herzens ist. Nähre diesen Raum auf deine Weise, aus deinen inneren und äußeren Lebensumständen. So kannst du dich als Liebender in diesem Reiche erkennen, dieses Reich zu deiner Wirklichkeit machen und dich darin frei bewegen. In diesem göttlichen, von dir selbst mitgestalteten Raum bedarf es keines Schutzes vor niederen Kräften und Wesen. Du wirst in dieser Schwingung nur deinesgleichen begegnen und alle Hilfe denen zukommen lassen, die die Bereitschaft zeigen, in sich selbst dieses Reich GOTTES mit zu gestalten.

Dieser heilige Raum, diese immerwährend sich erhöhende Schwingung könntest du als Weg zu GOTT bezeichnen. So wie sich diese Schwingung in dir erhöht, bewegt sich zugleich auch deine eigene, wahre und reine Seele, ich als deine GELIEBTE, in einem intensiven Wandel. Nimm dir Zeit, in diesem Wissen zu leben und mich zu lieben, bis du in diese Liebe eintauchst und von ihr überflutet wirst. Dann wird dein ganzes Wesen Liebe sein, und du ziehst nur Liebe an. Liebe ziehst du nicht an, wenn du danach strebst oder sie im Äußeren suchst, nicht einmal dein Sehnen oder deine Not bringt sie dir. Sie wird kommen, wenn du still die Tür deines Herzens zu dem Raum öffnest, wo ICH BIN. Dort findest du MICH – alle Liebe und Wärme, Gemeinschaft, Fülle und Freude, alle Erkenntnis und Aufgabe im ALL-EIN-SEIN.

Wenn du deinen eigenen, inneren Raum nicht zu erkennen, zu lieben und zu achten vermagst, wird es dir unmöglich sein, im Menschsein zu lieben und andere zu achten. Wer in GOTT, in seinem Tempel zu Hause ist, der lebt im Innersten, im Allerheiligsten, und wird niemals für seine persönlichen Wünsche und Absichten in den Tempel seines Nächsten eindringen und ihn in Gedanken, Gefühlen, Worten und Taten verletzen.

Für manche Menschen ist es sehr unangenehm, die Stimme der Freiheit und der Liebe zu hören. Sie wünschen sich eine Partnerschaft, bitten um die Begegnung mit einem liebenden Menschen. Sie sehnen sich nach Intimität, nach Zärtlichkeit und nach einem friedvollen Beisammensein. Könnten sie doch erkennen, dass ICH, IHRE LIEBENDE SEELE, diese Begegnungen einleite. Ich suche die Menschen auf den Bewusstseinsebenen, wo sie mit mir, ihrer Seele, ihre Aufgaben finden. Wer glaubst du, gibt die Impulse, wenn du dich umdrehst nach einem besonderen Menschen.

Die Bewegungen deiner Gefühle, deines Interesses hängen zusammen mit der Ebene, auf der sich die Persönlichkeit und die Seele gerade befinden. Ist die Persönlichkeit auf einer sehr materiellen, nieder schwingenden Bewusstseinsebene, so reagiert auch die Seele auf einen Menschen, der ähnliche Vorstellungen von der Liebe, ähnliche Lebensziele und Gefühlsimpulse hat. Welche Kraft könnte wirksam sein, wenn dein Puls höher zu schlagen beginnt, weil ein besonderer Mensch dir gegenüber steht? Die Menschen sagen Sympathie oder Liebe auf den ersten Blick dazu. Sie deuten die Bewegung ihres Herzens als Zeichen, sich für diesen Menschen zu interessieren oder bereitwillig zu öffnen. Diese Erfahrungen sind so wundervoll, wenn sie aus zwei sich begegnenden Seelen stammen, die in sich eine klare, göttliche Verbindung tragen. Aus dieser Kraft kann sich eine Liebe öffnen, die in vielen Seinsebenen, auf denen wir als liebende Seelen gemeinsam zuhause sind, zugleich zu schwingen beginnen. Aber die Menschen sollten auch erkennen, dass dieser Magnetismus zu einem anderen Menschen, zu einer anderen Seele auch unrein sein kann. Ja, es könnte sogar sein, dass ein Mensch, der sich in einem anderen Leben an einem anderen Menschen vergangen hat, diesen erneut trifft. Sie begegnen sich in einem anderen äußeren Kleid, aber die beiden Seelen erkennen, dass sie in dieser Zusammenführung etwas auflösen sollten. Diese Liebe beginnt vielleicht wie viele andere Liebesverbindungen als Romanze. Sie trägt aber die große Aufgabe in sich, dass sich zwei Menschen wieder begegnen, um sich miteinander von ihren Altlasten zu befreien. Ihre Seelen suchen in dieser Liebe die Erlösung voneinander. Gemeinsam sind sie auf der Suche nach diesem reinen, heiligen Raum, der ihnen aus ihrer gemeinsamen, seelischen Belastung noch verwehrt ist. Es ist nahe liegend, dass dieses Paar vor großen, aber auch schmerzvollen Erfahrungen steht. Konflikte zwischen Partnern sind Teil einer Liebe, die aus beidseitiger Erkenntnis und aus beidseitigem Drängen erlösend auf beide Seelen einwirken möchte.

Du, mein GELIEBTER, hast viele Erfahrungen im Umgang mit der menschlichen und auch mit der geistigen Liebe. Löse sie aus dem Tanz der Gewohnheit. Befreie sie aus den Krallen der Macht und des Besitzdenkens. Reinige sie von den unzähligen Scheinrealitäten und Wunschbildern, die von unzähligen Menschen über unzählige Generationen geschaffen wurden. Gib ihr das Feuer des Herzens, das sie auf verschiedenen Seinsebenen, in unterschiedlichsten Qualitäten und Formen für diese Befreiung braucht. Ich bin glücklich darüber, dass wir miteinander ihrem Wesen nachspüren. Ich liebe es, wenn du bereit bist, auch unangenehme Erfahrungen mit mir zu durchwandern und für diese Liebe als Krieger im Leben zu stehen.

Ich bin deine wahre KRIEGERIN DES HERZENS, aus deren Kraft und Weisheit die göttliche Wahrheit für den großen Wandel in dir strömt, aus deren Wahrheit du in deinem Allerheiligsten, im Tempel deines Geistes, geborgen bist. Ich grüße dich, GELIEBTER, der du auf deiner Wanderschaft durch das Leben Menschen mit meiner Kraft und meinem lichtvollen Strahlen berührst. Spüre in dein Herz, wie gefüllt es ist, wie kraftvoll es die kommenden Zeiten erwartet. Berühre mit diesem großen Urvertrauen die Menschen, die dir nahe sind. Lass dich in diesem Vertrauen durch die Dichte deines Lebens führen. Deine Liebe und deine Verbindung zu den Menschen, aber auch zu den Wesen anderer Seinsebenen ist stark. Es ist allein eine Frage deiner eigenen Aufmerksamkeit, dein Herz in dieser großen Fülle zu empfinden und für andere Menschen zu öffnen. Fühle dich wie viele andere Botschafter des Wandels reich beschenkt von der Liebe Gottes.

Die Liebe des göttlichen Vaters fließt gleich einem überströmenden Gefäß über mich, die Ich Bin. Sie überflutet die Bereiche des Lebens, die aus ihrer Kraft und Reinheit gefüllt und geheilt werden möchten. In Gesprächen, in Aufgaben, in der Ausrichtung und im gelebten Umgang mit den Menschen erheben wir gemeinsam das Schwert der Klarheit und der Wahrheit. So führe ich dich, mein Geliebter, durch die Lebensphasen, durch Ausbildungen, durch Berufe, durch Beziehungen mit dem einen Ziel, dass du darin deine wahre Qualität, mich als Seele, erkennen und ausdrücken lernst. Bedauerlicherweise bleiben viele Menschen in diesem Unterfangen in der reinen, materiellen Ausrichtung hängen. Sie versäumen dadurch, die eigene Seele als ihren wahren Lehrmeister wahrzunehmen und wertzuschätzen. Dies bringt viele Vorhaben früher oder später wieder zum Einsturz. Was nicht mit dem Göttlichen, im Menschsein mit der Seele des Menschen verbunden steht, hat keinerlei Beständigkeit. Die Menschen kennen in ihrem Leben viele unterschiedliche Ausbildungsformen. Die einen studieren, andere gehen in die Lehre für ein Handwerk, gründen Firmen und schaffen damit Arbeitsplätze. Wieder andere suchen sich in der Fülle des Lebens die Freiräume und Möglichkeiten, sich zu entfalten. Alles ist ausgerichtet, das Leben zu meistern, sich eine Existenz zu bauen und den Sinn des Lebens zu ergründen. In Teilaspekten wirken wir als Seelen in diesen Vorhaben mit. In erster Linie aber sind wir daran interessiert, dass ein Mensch eine zielgerichtete Haltung einnimmt und weitere Qualitäten seines Menschseins dabei öffnet. Ob der Beruf, der angestrebt wird, nun wirklich die eigentliche Lebensaufgabe ist oder bleibt, das ist unerheblich für uns als Seelen. Auch wenn Menschen Ausbildungen auf geistig spiritueller Ebene absolvieren, steht diejenige, die ICH BIN, vor dem, was ein Mensch sein möchte.

Ja, staune darüber, was ich dir nun sage. Der Zustand, den ich, deine SEELE wahrnehme, unterscheidet sich in manchem von dem, was du als deine Realität bezeichnest. Die Realität deiner Vorhaben ist schon auf unseren Ebenen gebaut, bevor sie in der irdischen Materie sichtbar werden kann. Dies ist ein wertvoller Ansatz, das Leben in seinen Abläufen besser verstehen zu können. Lernst du jemanden in deinem Leben kennen, so hat diese Begegnung vorher schon auf anderen Seinsebenen stattgefunden. Erwartet eine Frau ein Kind, dann hat sich diese Seele schon einige Zeit vorher in der Begleitung auf Vater und Mutter vorbereitet. Gibt es zwischen Menschen schwere Konflikte, so sind diese schon vorher auf unseren Ebenen klar und sichtbar. Beginnt im Erdengeschehen ein Krieg, so ist die Ursache hierfür schon vorher auf anderen Seinsebenen gesetzt. Somit ist es sehr wichtig für dich, GELIEBTER, zu erkennen, dass du viele Lebenserschwernisse abwenden könntest, wenn du dich mit den Ebenen verbindest, auf denen auch dein Leben und deine nächsten Erfahrungen vorgezeichnet sind.

Aus diesem vorgegebenen Geschehen schöpfen Propheten, Seher und Meditierende. Sie nehmen eine Realität wahr, in der gerade das im Gange ist, was verspätet im Menschenleben oder auch im Erdengeschehen eintreten wird. Hier jedoch ist der Ansatz, etwas zum rechten Zeitpunkt auf feinstofflichen Ebenen zu erkennen und zu verändern. Dies ist dem Menschen in seiner Verbindung zur Schöpferkraft und zu den Mitarbeitern der geistigen Räte möglich. Hier liegen auch die großen Möglichkeiten, auf geistiger Ebene die Pläne der Zerstörung und des Missbrauchs der Welt und des Menschen, die es auf niederen Weltenebenen gibt, zu durchkreuzen. Viele in ihrem Innersten gerufenen Friedensboten wissen von dieser Aufgabe und geben sich in Gebeten, Meditationen und Ritualen diesem Auftrag hin. Sie wirken auf die Hintergründe, auf die verdichteten und schwer belasteten Energiefelder mancher Regionen und Länder ein und versuchen, diese zu transformieren, bevor sich diese feinstofflichen Gewitter als Konflikte, Kriege und Katastrophen entladen.

Manche Schicksalsbewegungen für den Menschen und für die Erde sind allerdings auch unabwendbar, weil es Lebensbewegungen und Veränderungen gibt, die aus größeren, geistigen, kosmischen Zusammenhängen entstehen und auf die der Mensch keinen Einfluss hat. Keine Menschengruppe hätte den Zeitenwandel, in dem alles Leben in hoher Intensität sich nun verändert, abwenden können.

Richten wir unsere Aufmerksamkeit nun wieder auf das, worum es dir, GELIEBTER, in deinen Lebensbewegungen geht. Wir befinden uns in einer gemeinsamen Ausbildungsstätte des Lebens. Der wahre Ausbildungsweg jedes Menschen lehrt den Umgang mit der Liebe in allem, was der Mensch tut, umsetzt, was er erfindet, ausdrückt, was er bewegt. Er handelt dabei stets als Wesen des Lichts und auch als Wesen mit Anteilen im Schattenreiche. Ja, beides ist im Menschsein angelegt.

Ich, die SEELE, bin in allen Bereichen des Lebens, im ALL-EIN. Dies bedeutet: Ich erinnere DICH, GELIEBTER, in jeder Phase deines Lebens, in deinen unzähligen Erfahrungen an deine wahre Quelle, an deine wahre Absicht, an das, was ich in MIR trage. So ist es unser beider Aufgabe, alles Geschehen im Zwischenmenschlichen, im Zusammenfinden und im Sich-voneinander-lösen aus einem höheren Ansatz zu erkennen und anzunehmen. Dies ermöglicht im Leben des Menschen die Hingabe an die göttliche Vorsehung, aus der heraus sich die Lebensabläufe ergeben, an die auch ich als Seele gebunden bin.

Wir lernten in den Jahren deiner Kindheit, die Liebe verbunden mit den Naturkräften zu erfahren und auszutauschen. Somit öffneten dir diese Kräfte ihre großen Weisheitsquellen. Wenn du in den Wäldern deiner Heimat spieltest, konntest du diese Liebe in den Wesen der Naturreiche erkennen. Du wusstest, dass du im Spiel mit den Naturwesen in ein Mysterium eintreten kannst, das dieser göttlichen Liebe sehr nahe ist. Die Bereitschaft dieser Wesen, dich auf den Pfaden des Lebens zu begleiten, dir die Tore und Wege zu öffnen, kommt oft genug als Erfahrung in dein Leben. Du machst aus deiner Liebe zur Natur die Erfahrung, dass du überall, wo du hinkommst, von diesen Wesen erkannt, begleitet und gesegnet wirst. Das Wort Segen kann für einen glücklichen Menschen nicht oft genug ausgedrückt werden. Aus dem Segen der Naturwesen wirst du ständig wie mit einem Lichtschein, mit Berührung, mit Liebe versorgt. Du kannst den Kontinent wechseln, du gehst in die Berge, du fährst an das Meer, du machst einen Spaziergang durch die Wälder – überall bist du bereits angekündigt als geliebtes Wesen aus dem Menschenreich. Ist es nicht ein wundervolles Gefühl, wo auch immer du hinkommst, bereits in Liebe erwartet zu sein?

Ich begleite dich auf deiner Wanderschaft auch durch die Dichte der Schattenreiche. Gemeinsam lernen wir auf diesen Ebenen den wahren Schutz kennen, der uns beiden gegeben wird. Erst wenn du in diesen Welten keine verlorenen Anteile mehr hast, kannst du dich als frei und als aus dir selbst heraus beschützt bezeichnen. In diesem Zustand bist du umgeben von einem Lichtfeld, das um sich jeden Schatten auflöst. Fügen sich meine abgespalteten Seelenanteile wieder zu einem Ganzen zusammen, wirst du, GELIEBTER, den Weg durch die größte Dichte der Schattenwelten unbeschadet beschreiten können. Niemand und Nichts werden dich dabei berühren, dir Angst machen. Dies ist der wahre Weg deiner Befreiung und Erlösung. ICH, DEINE SEELE, führe dich dabei aus der Klarheit deines Geistes und aus dem Feuer und der Wärme deines Herzens, denn deine Freiheit ist auch die Meine.

Wir Wanderer beginnen keinen Tag dort, wo wir einen anderen beendet haben, und kein Sonnenaufgang findet uns dort, wo der Sonnenuntergang uns verließ. Selbst während die Erde schläft, reisen wir. Wir sind die Samen der ewigen Pflanze, und in unserer Reife und Fülle des Herzens werden wir dem Wind anvertraut. Wir ziehen an Orte, zu Erfahrungen, zur göttlichen Weisheit und Liebe. So sind wir im Erdenleben ständig Verändernde und lösen aus diesem ständigen Wandel auch um uns Veränderung aus.

Viele Menschen glauben, ihre Seele würde in ihrem Körpergefäß eingesperrt sein und so lange auf Befreiung warten, bis sie aus dem Erdenleben in einen anderen Seinszustand treten kann. Wie einfältig ist doch dieses Bild von mir, die ich aus der Urquelle, aus GOTT, erschaffen bin. Wie der Strahl der Sonne bewege ich mich, um Licht und Erkenntnis zu bringen.

Du lerntest wunderbare Menschen, die Weisen der Maya kennen, deren Seele bei aller Beengung ihres menschlichen Lebens in die Weiten und Tiefen anderer Welten reiste. Sie bezeichneten das Glaubensbild, die Seele wäre in einem Körper eingesperrt, als bewusste Eingrenzung der Religionen. Die Menschen werden in ihrem Sehnen nach Freiheit und Beweglichkeit im Namen GOTTES eingeschränkt.

Diese Beengung des Bewusstseins, die Vorstellung meiner Schuldbehaftung, die daraus entstehenden Verurteilungen des Menschseins ließen mich viele Jahrtausende leiden und um Hilfe rufen. Es entspricht nicht meinem Wesen, verdeckt zu sein und keinen Ausweg aus dem menschlichen Leid mehr zu erkennen. Der Mensch, dessen Seele in diesem Zustand existiert, erfährt in vielen Lebensumständen in gleicher Weise Vernebelung, Verdichtung. Schmerz und Leid. Missbrauch und Lieblosigkeit sind die Folge der in den dunklen Nebeln sich verlierenden, leidenden Seele.

GELIEBTER, wird mir durch das eingeschränkte Bewusstsein eine gewisse Beweglichkeit nicht gewährt, muss ich sie mir über mehrere Menschenleben hindurch erkämpfen. Es gibt nichts Schwierigeres für mich als den Kampf mit einer beengten und selbstsüchtigen menschlichen Persönlichkeit, mit erstarrten Weltbildern, mit Traditionen und Lebensstrukturen, die mich wie eine Totgeburt vom täglichen Leben des Menschen trennen. In

Wahrheit vertreten diese Menschen lieblose und leblose Systeme und Haltungen, die mich als vitalsten und beweglichsten Teil des Menschseins, als brennender Funke GOTTES klein machen und zu verdecken versuchen.

Zwischen dem persönlichen Willen eines Menschen und einer auf die größeren Zusammenhänge, auf ein größeres und weiteres Leben ausgerichteten Seele liegen oft Klüfte, die nicht so einfach übersprungen werden können. Ich werde dir also ein paar dieser meiner Welten beschreiben, um dir zu helfen, dich selbst, ja viele deiner eigenen Lebensbilder besser verstehen zu können.

Jeder einzelne Mensch ist zu einem Teil als Seele im Erdenleben verankert, zugleich lebt er mit anderen Anteilen in seinen früheren oder kommenden Existenzen. Du bist also als Mensch meist unbewusst hier und dort zugleich präsent. Du sagst zwar, ich bin jetzt da, ich lebe hier auf dieser Erde. Aber in Wirklichkeit lebst du auch dort, in deinen anderen Seelenanteilen. Du existierst also ständig hier und dort zugleich, du bist – wie es in diesem Kapitel heißt – ALL-EIN. Nimmst du mich verbunden mit dir wahr, gelingt es uns gemeinsam, Zufriedenheit, Glück, Freude und Fülle im Leben und auf all diesen anderen Seinsebenen zu entfalten. Wenn du getrennt von mir lebst, dann gehen wir miteinander in schmerzvolle Erfahrungen, die sich auch auf die anderen Seelenanteile auswirken.

Unbewusst ist jeder Mensch auf der Suche nach seinen verlorenen, abgetrennten Anteilen, weil diese Anteile die Beweglichkeit der Seele für die Lichtwelten behindern. Dennoch führen viele ihr Lebensschicksal allein auf sich, auf ihr missglücktes Menschsein zurück. Mein wahres Ziel ist es, in jedem Menschen mich als GANZ zu erkennen. Ich suche mit all den mir zur Verfügung stehenden Mitteln den Weg, mich wieder als Abbild göttlicher Lichtkraft im Menschsein zu entfalten. Dennoch gibt es auch Begegnungen, wo es notwendig ist, die schweren Seelenwunden gleich zu Beginn der Bekanntschaft aufzuzeigen. Es sind Beziehungen, die nicht auf diese wundervolle, romantische Weise beginnen, sondern in denen es »gleich zur Sache geht«. Sex ist dabei ein gutes Bindemittel, um ungeachtet aller Weisheit im Umgang mit der Liebe gleich mal in die Tiefe zu stürzen und damit verbunden alte Lebensbilder von Missbrauch, Kontrolle, Macht, Abhängigkeit, Eifersucht und dergleichen mehr zu erwecken. Aber das wollen wir nicht so ausgeprägt in diese Kapitel geben. Bei vielen Menschen ist die verurteilende und mit der Energie der Trennung vom anderen Geschlecht behaftete Scheidung der erste Schritt, das Leben als Single, im Alleinsein und in der Verurteilung des anderen Geschlechts weiter gestalten zu wollen. Dies empfinde ich als einen sehr bedauerlichen Zustand, weil sich die Seele im gemeinsamen Tanz von Frau und Mann oder auch in anderen Liebesverbindungen nährt.

Für diese Aufgabe suchen wir gemeinsam nach den Seelen und Menschen, die bereit sind, diesen Weg mit uns zu gehen. Diese gemeinsame Wanderschaft wird sehr häufig durch Freundschaften und aus der zwischenmenschlichen Liebe eingeleitet. Oftmals ist diese Form der sich befreienden Liebe der Dienst eines Menschen am anderen, ein gemeinsames Sich-auf-den-Weg-machen, ein gemeinsames Sich-vervollkommnen oder auch ein Sich-erlösen.

All-Eins, Zwei und Mit Dabei

Nun, LIEBER, möchte ich dich noch einmal zurückführen in die Jahre deiner Jugend, zum Beginn deiner Suche auf dem Weg vom Kind zum Mann.

Du hast schon als Jugendlicher an den Altären der Kosmischen Mutter Maria meine Anliegen vorgebracht. So sah ich dich schon als Kind in ihrer großen Obhut. Wenn du an Ihre Liebe dachtest, so meintest du, diese Liebe aus dem Herzen eines Mädchens erfahren zu können. Aber es war in den jungen Jahren deines Lebens nicht die Reife gegeben, ihre Liebe zu erkennen. Dein Herz war das Herz eines nach Freiheit suchenden Kämpfers, eine Persönlichkeit in Sturm und Drang. So entschlossen wir uns, das Feuer deines Herzens für einige Zeit durch Erfahrungen in der Dichte und Unreinheit deines Umfeldes etwas einzudämmen.

Dies war der Plan derer, die dich in deiner wahren Absicht kennen, es war die Entscheidung aus mir, deiner SEELE. So entschlossen wir uns, als deine Fürsprecher und Begleiter, dich auf eine Reise zu den Seelen der Liebe suchenden Menschen mitzunehmen. Du solltest erfahren, dass die menschliche Liebe in ihren seltsamen, zwischenmenschlichen Spielformen oft nur die eine Aufgabe hat, sich in den persönlichen Wünschen und Absichten des anderen zu erfüllen.

In diesen Jahren deines Lebens, GELIEBTER, öffneten sich Klüfte zwischen dem, was du suchtest, und dem, was dir das Leben in seinen Spielformen und Ausdrucksformen der Liebe zeigte. Wir haben gemeinsame Tränen geweint, als du erkanntest, dass auf dieser Suche nach der Liebe du selbst und viele deiner Verbindungen zu den anderen Welten zurückgeblieben waren. Du glaubtest, mich im Herzen einer Frau zu finden – wo du mich, DEINE WAHRE GELIEBTE, in deinem eigenen Herzen verloren hattest.

So vergingen die Jahre in deinem Leben als Suchender, in denen du vergessen hast, die Hüterin des Weiblichen, die GÖTTIN, die dich so sehr liebt, um ihre Hilfe und Fürsprache zu bitten. Ich erinnere mich daran, dass du als junger Mann vor ihrem Altar knietest, weil du in deinem Schmerz um eine junge Frau bei ihr Trost suchtest. Dies war der Moment, da deine geistigen Begleiterinnen im Rate zusammen kamen. In diesen Minuten hörte ich die Göttin als Sprecherin des Rates sagen: »Es ist die Zeit gekommen, ihm, den wir so sehr lieben, das Herz erneut zu öffnen. So lassen wir es zuerst über eine junge Frau brennen, die ich ihm zuführen werde.« Dies, GELIEBTER, war der Beginn einer reinen und kraftvollen Liebe, die allein die Aufgabe hatte, dich zu erwecken. Das Feuer des Herzens sollte in dir wieder entfacht werden.

So kamen Monate der Freude über die wahre Liebe, die du glaubtest, gefunden zu haben. Du konntest mich, deine Seele, in der Inbrunst deiner Gefühle nicht verstehen. Ich wollte dir sagen, dass diese Begegnung allein der Öffnung deines und ihres Herzens dienen sollte. Aber was hättest du mir wohl geantwortet, was hätte es dir genützt, wenn du damals meine Stimme vernommen hättest? So mussten wir wohl oder übel weitere Schmerzen des Loslassens auf uns nehmen. Ich, deine Seele, musste mit dir, der du die Freude am Leben verloren hattest, über Monate leiden. Gemeinsam traten wir damals vor den Altar der Göttin und baten sie um das Geschenk der Gelassenheit, um das Erkennen der Zusammenhänge. Ich rief in dir: »Dein Herz, Geliebter, brennt, wir haben erreicht, was wir gemeinsam wollten!« Ich schüttelte dich, führte dich in die Natur, ging mit dir auf die Berge. Aber wo immer du hinkamst – du hast weder die Schönheit der Landschaften noch die Wesen der Natur wahrgenommen. Überall hast du nur diesen grauen Schleier gesehen, der schwer über deinem Herzen lag und meinen Zugang zu dir fast unmöglich machte.

Doch die Göttin gab dir das Geschenk der Liebe eines lebendigen und brennenden Herzens zurück, das du an eine Frau verloren glaubtest. Du solltest weiter das Leben erfahren in seinen Tiefen und Höhen, aus deinen Wünschen und Absichten, wie es viele andere Menschen auch suchen. Deine liebenden Begleiterinnen lenkten deine Liebe dorthin, wo ein kostbarer Teil deiner weiteren Lebensaufgabe sich öffnen sollte. Dein Herz konnte sich im Herzen jener Frau wieder erkennen, die bereit war, mit dir den Weg in das Mysterium euer beider Seelenanteile, den Weg gemeinsamer Befreiung zu gehen. In der Intensität eurer ersten Nähe wurde aus euren beiden Seelen erneut der Stein der Liebe in das Wasser des Lebens geworfen. Viele Wasserkreise begannen sich zuerst in dir und dann in deinem Leben zu öffnen und zu drehen. Dieses Bild trage in dir, denn es sind die sich öffnenden Lebenskreise zu einem tief im menschlichen Sein liegenden Mysterium. Du warst erneut verliebt, du spürtest die Kraft der Erotik, die Intensität deines und ihres Herzens. Wünsche, Absichten, Freud und Leid drehten sich im Rad des Lebens. Aber dieses Mal wusstest du, dass es anders als bisher kommen würde; denn diese Frau hatte sich entschlossen, mit dir in deine und ihre eigenen Tiefen zu steigen. Ihr solltet gemeinsam das Leben im Dienste GOTTES in die Hand nehmen.

Es war eine göttliche Vorsehung, dass eure beiden Seelen sich finden sollten. Sie kennen sich schon seit vielen Existenzen und warteten nur auf diesen einen Augenblick der Zusammenführung. Du hattest dich damals entschieden, ein Fest zu besuchen, während ich im Hintergrund wirkend schon wahrnehmen konnte, dass es da noch jemanden gab, die in sich spürte, dass dieses besagte Wochenende für eure Begegnung im Kalender bereits reserviert war. Aber so weit sind wir noch nicht. Erst erzähle ich dir von meinen Welten, von meiner Beweglichkeit, von meinen wahren Nöten, verbunden mit dem Menschsein.

Jeder Mensch sollte den Weg der menschlichen Partnersuche damit beginnen, seine abgetrennten Seelenanteile vorher auf eigener Wanderschaft zu heilen. Dies würde viele Partnerschaften erleichtern. Frau und Mann könnten sich durch diese vorbereitende Arbeit an sich selbst in ihrer gemeinsamen Liebe und Aufgabe besser annehmen und verstehen. Ihre Liebe reicht dann tiefer in die Quellen der göttlichen Liebe, die sich im Austausch mit der Seele eines Partners besser entfalten kann.

So stehen wir also wieder bei der Frage: Was geschah in dem Moment, als du deine Begleiterin erstmals trafst? Was hat euch beide zusammengeführt, wie konntest du sie als Liebende oder auch als deine Geliebte erkennen, was hat dabei zusammengespielt?

Es war ein ganz besonderer Moment, in dem ihr euch in die Augen gesehen habt, in denen der Puls eurer Herzen schneller wurde und die Schönheit eures Menschseins euch beide beeindruckte. Ich sage dir aber, es waren nicht nur die lichtvollen Seiten, die Schönheit und Erotik eurer Körper, die strahlenden Persönlichkeiten, die sich wahrnahmen. Es waren auch nicht nur die im ersten Beisammensein sich erkennenden Herzen als Mann und Frau. Hinter diesem Geschehen rief erstmals auch eine andere Stimme nach eurer Verbindung zueinander. Die Stimme des Hüters eurer Seelen erklang, freilich für euch beide damals ungehört. Er machte schon damals aufmerksam auf eure noch unerlösten, gemeinsamen Aufgaben, auf alte Verstrickungen aus früheren Existenzen. Eure Seelen berührten euer Herz für die gemeinsame Bereitschaft, euch füreinander auf diesen Weg durch Freude und Leid hinzugeben.

Ja, du möchtest diese Sichtweise lieber übergehen, einem Märchen zuordnen – aber die Liebe zwischen den Menschen hat ihre vielseitigen Gründe und Aufgaben. Lass mich also meine Erinnerungsreise weiter führen. Immerhin war ich in großer Freude, als wir uns in eurer Begegnung als Seelen wieder fanden.

In der wunderbaren Zeit des Verliebt-Seins rufen zwei Seelen nach Verbindung zueinander. Wir strahlen zueinander Sympathie aus, wir aktivieren einen Adrenalinausstoß, erhöhen den Herzpuls, lassen die Augen vor Glück und Freude nass werden. Ja, da staunst du jetzt ! Es ist dir vielleicht gar nicht mehr alles, was ich hier beschreibe, in Erinnerung. Aber, GELIEBTER, ich weiß, was wir als Seelen aktivieren können, wenn die große Chance der ersten Begegnung gegeben ist. Alle Zeichen sind gesetzt, die Ampeln der Herzen stehen auf Grün, diese Verbindung der beiden Seelen anzunehmen. Es beginnt ein wundervoller Weg, die Reise zu den Quellen des Frau- und Mannseins. Auch wir miteinander verbundenen Seelen sind bereits auf der Suche nach dem Geheimnis dieser Verbindung. Selbstverständlich geben wir in Absprache mit euch als Frau und Mann den unzähligen Situationen des Lebens Raum, die Liebe zueinander zu entfalten und zu festigen. Man fällt ja auch nicht gleich mit der Tür ins Haus. Es sind eure ersten gemeinsamen Reisen, die gemeinsamen Ausflüge, die vielen Abendessen, die vielen leuchtenden Kerzen und Räucherstäbchen, aus denen wir gemeinsam im Menschsein die Liebe zelebrieren.

In den besonderen Zeiten des Lebens und der Liebe verbinden sich viele Wesen aus den Lichtwelten mit uns als SEELEN. Keine von uns an diesem Spiel der Liebe beteiligten Seelen würde es in diesem Freudentanz des Lebens wagen, gleich auf das Ganze zu gehen, das heißt, uns sofort gemeinsam den wahren Aufgaben dieser Verbindung zu stellen.

Wie geht dieser Liebesreigen nun weiter? Ich blicke in diese Zeit der pulsierenden Kräfte zwischen Frau und Mann und sehe euch beide in einer ganz besonderen Szene des Lebens. Es ist alles vorbereitet auf eine wunderschöne Nacht, voller Sinnlichkeit und Erotik. Es ist der Zeitpunkt, da eine liebe Freundin kommt, die auch MIT DABEI sein will.

Nein, ich liege nicht falsch, es dreht sich dabei nicht um eine andere Frau, sondern um ein weiteres Seelenwesen, das hier mitspielt. Es ist dieser Abend der Beginn einer weiteren Liebesgeschichte, die der Kinder, die ich auch von ihrem wahren Ursprung her erzählen möchte.

»Sie kam, sah und siegte.« Es ist eine kraftvolle Seele, die sich ohne Rücksicht auf Verluste in die Tiefe stürzt und sich als Kriegerin des Herzens in eure Welt durchkämpft. Ja, es ist das erste Kind, das sich in diesem wunderbaren Augenblick seinen Weg bahnt. Es ist ein besonderer Abend, denn der lichtvolle Weg dieser Seele ist vorgezeichnet. Durch Feuer und Wasser muss sie gehen, ganz ihrem eigenen Wesen nach. Sie, die ihr beide vorher schon kanntet, ist der gemeinsame Sohn, heute ein kraftvoller, junger Mann, der sich den Mut und die Bereitschaft erhalten hat, die kostbaren Lebenssituationen für seine Entwicklung zu nützen.

Was möchte ich dir und vielen anderen Liebenden damit mitteilen? Die Liebe von euch beiden war eingeleitet von denen, die euch bereits kannten. Eure geistigen Begleiter und Seelen stimmten sich in den weiteren Lebensplänen aufeinander ab.

Die Göttin hat dich stets durch all deine Lebensjahre in Licht und Schatten begleitet. Nun war für dich und deine Begleiterin der Tag gekommen, wo ihr die Entscheidung treffen solltet, euch zu treffen und miteinander das Mysterium des Menschseins zu ergründen. In dieser Dynamik von Anziehung und Loslassen zeigte sich euer Lebenskampf, euer Ringen um die menschlich empfundene Liebe. In diesen Lebenskampf stürzten sich die Seelen eurer Kinder, die mit dabei sein wollten. Und es kam eine Zeit, in der ihr beide euch bereit erklärt habt, den Raum der Liebe für eine weitere Erfahrung in euer beider Leben zu öffnen. Es kam die Zeit, in der ihr euch voneinander trennen solltet, in Liebe, in Dankbarkeit und Respekt zueinander.

Aus ihrer Seele begleitete Menschen entsprechen dem wahren Lebenstanz einer Liebe, die in sich das Ziel hat, gemeinsam die Suche nach Befreiung und Erlösung in Erfüllung zu bringen und zugleich eine große Gemeinschaft von Seelen in den Anderswelten in höhere Gefilde der Liebe und des Lichts zu heben. So kann es sich aus neuen, oft erst im Nachhinein erkennbaren Lebenszusammenhängen ergeben, dass im Tanz des Lebens die Seele die Absicht und auch den Mut hat, diesen Tanz mit einem anderen Menschen auf einer neu sich öffnenden Lebensreise weiterzutanzen. Denke daran, aus welchen Motiven manche Menschen im Alter von vielleicht 25 Jahren sich entscheiden zu heiraten – und welche Lebensthemen bei einem sich entfaltenden, menschlichen Bewusstsein 30 Jahre später im Raum stehen könnten. Man kann durchaus annehmen, dass es oftmals die Absicht des göttlichen Kosmos und der damit verbundenen Seele ist, eine sich verändernde, innere Seelenlandschaft auch mit einer äußeren Veränderung durch die Begegnung mit einem anderen Menschen einzuleiten. In gleichem Maße können sich zwei Seelen entscheiden, sich bis zum Lebensende weiter zu ergänzen und in einem Miteinander den gemeinsamen Lebenstanz zu beenden. Es ist von größter Notwendigkeit, in der menschlichen Gemeinschaft ein anderes, neues Bewusstsein im schmerzvollen Prozess von Scheidung zu schaffen. Aus welcher Haltung heraus Menschen diesen sehr maßgeblichen Schritt der Trennung von einem Partner beschreiten, ist zugleich die heilvolle oder unheilvolle Basis einer weiter sich entwickelnden Lebenswanderschaft. Aus den eigenen Quellen und aus dem einfließenden Kraftquell eines Partners fließen zwei Flüsse zu einem mächtigen Strom zusammen. An erster Stelle steht für uns alle, die wir als Seelen im Menschsein verankert sind, dass wir zueinander finden, uns dienen und unsere Aufgabe erfüllen, um uns gemeinsam weiter in die göttlichen Sphären erheben zu können.

Am Ufer dieses Stromes sitzend, habt ihr beide, ohne es wahrlich bewusst einzuleiten, flache Steinchen in das Wasser des Lebens geworfen. Sie sprangen aus euren und auch aus unseren Gedanken und Absichten über die Weite des sich entfaltenden Lebens. Gleich den sich ausbreitenden Wasserringen gab es eines Tages den Effekt des »Deep Impact« und dann die sich bewegenden Wogen der folgenden Gedanken und Gefühle. Du fragst mich, deine SEELE, woher kam der Impuls, diesen einen Stein in das Wasser zu werfen, der so vieles in Bewegung gebracht hat, der die Wogen in dieser aufbäumenden Kraft sich erheben ließ. Hast du oder habe ich, deine GELIEBTE SEELE, diesen Stein zuerst geworfen? Ich erinnere dich: Es waren starke Impulse eures inneren Sehnens nach Befreiung und einem Neu-geboren-werden. Diese immer stärker werdenden Stimmen bewegten auf ihre Weise euer Leben. Eure gemeinsame Geschichte hat zwei sehr berühmte Autoren, es ist eure göttliche Führung, damit verbunden die Kosmische Mutter, die aus eurer Bereitschaft, die Liebe ihrem Wesen nach zu befreien, alles wunderbar ineinander fügte. Wann immer ich SIE in Verbindung mit dir anspreche, möchte SIE SELBST ihre Worte an dich richten.

So geben wir IHR nun den Raum, mit dir zu sprechen:

»Mein GELIEBTER! Du unterscheidest dich von manch anderen menschlichen Wesen besonders dadurch, dass du deinen geistigen Begleitern stets vertraut hast und bereit bist, ihre Stimme aus der Wahrheit deines Herzens anzunehmen und über dein Leben auszudrücken. So möchte ich, die ich als deine Lebensbegleiterin angesprochen bin, dir als Kosmische Mutter Maria und als Göttin der Barmherzigkeit und des Mitgefühls diesen Text widmen:

Ich lege die liebende und schützende Hand über euch als Liebende, als Familie, als Gemeinschaft, als wachsende geistige Familie. Eure Herzen und Seelen sind schön, ja wunderschön und reichlich mit Erfahrungen gefüllt. Auf diese reine, leuchtende Kraft in euch und in vielen erwachenden Menschen und sich formenden Gemeinschaften wird der göttliche Vater Sein Reich erbauen. Eure Bereitschaft zu Veränderungen ist für die leuchtenden Seelen, die ankommenden Kinder und die wirkenden Boten des Lichts, eine kostbare Nahrungsquelle auf ihrer Wanderschaft. So verneigt euch in Dankbarkeit voreinander, und seid dankbar für alle Lebensbewegungen, die symbolisch sind für die großen Veränderungen im Weltengeschehen. Ich lege euch die Liebe und die Klarheit des göttlichen Weges in euer Herz. Es befreit sich vieles nun im Menschsein. Nicht mehr brauchbare Lebenshaltungen und Verhaltensnormen reinigen und klären sich aus der Kraft der kosmischen Liebe. So spreche ich aus der Liebe der göttlichen Quelle, die den Wandel in euren Leben begleitet.

Mein Antlitz aus IHM, der sich über mich als Göttin Maria im Frausein zeigen möchte, ist schön, und Meine Stimme ist leise und sanft. Wenn du dir so Meiner im Inneren bewusst bleibst, werde Ich für dich äußere Form annehmen, und du wirst Mir täglich auf den Straßen des Lebens begegnen. Friede, Liebe und Freude wohnen in deinem Herzen, du geliebtes Wesen, denn da lebe Ich wirklich, Ich, der Herr und die Göttin deines Seins, die Geliebte deiner Seele.

Wäre Ich nicht in dir, könnte dir keine Liebe im äußeren Leben genügen. Erkennst du Mich, findest du Frieden und Ruhe, Freude und Gemeinschaft, wie du dies nie zuvor gekannt hast. Dann wird dein äußeres Leben aufleuchten, und du wirst deinen Weg gehen und das Reich erlangen, das denen gegeben wird, die den EINEN als Schöpfer ihres Lebens aus IHREM HERZEN LIEBEN.

ICH BIN DU, UND DU BIST ICH.«

Der verlorene Zauberwald

Bist du bereit, mit mir auf eine besondere Reise zu gehen? Treten wir ein in dieses Mysterium des Wandels und der Liebe. Geh dafür in die Stille, gehe hin an den Ort, der dich erst kürzlich erfreut hat, wo du den hohen, wahren Frieden in dir verspüren kannst. Setz dich hin an den Stamm der Eiche, die dir die Kraft und Festigkeit zu geben vermag, deine Herzenswahrheit im Lebenswandel zu erkennen. Sie ist das Symbol des Lebensbaumes, der die Geschichten deiner Generationen kennt. Mit seinem kraftvollen Stamm hält er diese große Vielfalt der verschiedenen Lebensbilder der Ahnen mit den lebenden Generationen verbunden.

Ich möchte dir nun eine Geschichte erzählen. Es ist die Geschichte des weisen, alten Baumes, den du auf deiner Lebenswanderschaft als treuen Begleiter kennst. Geh mit mir in die Märchenwelt, die du so sehr als Kind liebtest. Diese besonderen Geschichten werden oft als Spiegel der Seele bezeichnet. Sie tragen die über viele Generationen erlebte Weisheit der menschlichen Seele in sich. In diesen Geschichten spreche ich als SEELE im Lichtvollen, und ich äußere mich auch aus der Dichte des Schattenreiches. In den lebendigen Welten von Helden und Versagern, von Weisen und Zerstörern begegnete ich dir in deiner Kindheit, verbunden mit Freudentränen und Herzensnöten.

Das Mädchen, von dem ich dir hier erzähle, kannte der weise Alte aus anderen Zeiten und Leben. Sie weinte, sich an ihn schmiegend, weil sie ihren Geliebten aus ihrem Leben verabschieden sollte. Der alte Weise, den sie nun schon seit so vielen Jahren und Leben kannte, wusste, dass sie in ihrer Not nun etwas abschließen und neu beginnen sollte. Er tröstete sie als Liebende und Verachtende, als Täterin und Opfer, als Mächtige und in ihrer Ohnmacht, als Heilende und als Kräfte missbrauchende Magierin. Unzählige Tränen des Trennungsschmerzes, des Kampfes um Erlösung und Befreiung, des Bemühens um Heilung ihrer Seele nahm er in seine kraftvollen, tief im Erdreich verankerten Wurzeln auf.

Sie besuchte ihn zu einem besonderen Moment ihres Lebens mit Blumen in den Händen, um seinen Rat für ein neues Leben zu erbitten. So führte er das Mädchen liebevoll in den Garten ihrer eigenen Seele. Der ehrwürdige, weise Baum erwartete sie bereits dort, wo allein die Wahrheit liegt, in seinem und in ihrem Herzen. Aus seiner großen Umsicht wusste er von ihrem Kommen. Sie legte zur Begrüßung einen Strauß roter Rosen zu seinen von Farnen und Gräsern umwickelten Füßen. Er ahnte, dass sie nach langen Jahren ihrer Lebensreise zu ihm heimkehren und ihn um Rat bitten würde.

Vor vielen Jahren hatte sie, wie viele andere Mädchen ihres Alters den Traum, einmal einen Märchenprinzen zu treffen, mit dem sie ihr ganzes Leben lang glücklich sein würde. Heute kam sie zurück, weil sie sich von diesem einen Traum, ihren wahren Märchenprinzen getroffen zu haben, mit Tränen der Trauer wieder verabschieden wollte. Es wäre nun nicht angebracht, wenn ich als deine Seele diese Geschichte weiter erzählen würde. Lass uns die Stimme des weisen Baumes hören, wie er dieses kleine Mädchen an die Stimme ihrer eigenen, weisen, alten Seele und an den Ruf der großen, sie begleitenden Göttin erinnerte:

»So spreche ich also zu Dir, liebe Seele, der ich dich aus meinen Wurzeln, mit meinen Ästen und Zweigen und aus den Früchten meines Lebens über viele deiner Leben kenne. Nahezu täglich kamst du damals noch als Kind zu mir, um bei mir Trost zu suchen. Wie wunderbar waren die Momente der Freude und Leichtigkeit, die liebevollen Begegnungen mit mir und den vielen Wesen, die du aus den Naturreichen hier spüren konntest. Wir teilten Jahre miteinander eine Welt voller Reichtümer. Ganze Schatztruhen konnten wir in Erinnerung an eine vor dir liegende Zukunft gemeinsam öffnen. So könnte man unsere Gedankenspiele für deine Zukunft als die Liebesgeschichte einer kleinen, sehr rasch reifenden und wachsenden Prinzessin bezeichnen. Wir gingen gemeinsam in eine Welt voll wunderbarer Bilder. Dieser Zauberwald deiner Vorstellungen war voller Geheimnisse, ein Spielfeld voller Heldinnen und Helden, die im Kampf für das Gute stets das Böse besiegten. Sie alle, die an diesem Kampfe beteiligt waren, kannten nur das eine Ziel: das Glück auf Erden aus ihren Träumen und Wünschen zu suchen und dafür zu kämpfen.

Du brachtest mir heute Blumen der Dankbarkeit, als PRINZESSIN und zugleich als Hüterin einer weisen und kraftvollen Erdenfrau, die in Erinnerung an ihre Traumwelten ihren Prinzen verabschiedete. Erlaube mir, heute wie damals mit dir als kleines Mädchen, aber dennoch zugleich als kraftvolle und sehr zielgerichtete Seele zu sprechen. So haben wir uns kennen gelernt, so bist du auch heute mit all deiner Kraft, aber auch mit Verletzlichkeit und Zerbrechlichkeit bei mir. Dieses kleine Mädchen weint in dir, weil es verlassen wurde. Die Erinnerung an diesen Schmerz kennst du seit vielen Leben. Ich nehme dich nun an der Hand und wandere mit dir durch den Garten deiner Seele. Lass uns nun durch diese bunte Welt spazieren, durch Nächte und Tage, durch Kälte, Stürme und Nebel, durch Wärme und Sonnenschein.

Aus dem Ruf deines Herzens trat er, den du heute vermisst, in deinen Zauberwald. Er lauschte deiner Stimme und bewegte mit dir über viele Jahre die Weisen deines Lebens. Erinnere dich, wie oft du Bücher von hinten gelesen hattest, wie oft du Seiten der Geschichten überspringen wolltest, um manchen Teilen der Geschichte zu entgehen. Andere Kapitel wolltest du zu einem noch nicht gegebenen Zeitpunkt erfahren, oft beginnend mit dem Ende eines Buches.

Es begann eine wundervolle Geschichte, die in keinem anderen Buch eines anderen Menschenlebens jemals geschrieben stand. Dieses Lebensbuch sollte dir die Wahrheit und den neuen Weg deiner Befreiung weisen. Du hast die ersten Kapitel erfahren und sie gelebt. Du hast vielleicht manche Kapitel deiner eigenen Geschichte übersprungen. Du hast Kapitel dieses Lebensbuches in das Buch deines Prinzen geschrieben. Dann und wann bist du Kapitel, wie gewohnt, zurück oder voraus gegangen. Du hast versucht, das Ende dieses Buches zu erfahren, ohne dass dieses Ende je geschrieben worden wäre. So sollte es aus der großen Kraft deiner Seele nicht geschehen, und so beschlossen deine liebenden Begleiter, mich als Erhabenen, alten Weisen zu Rate zu ziehen.

Auch die große Göttin beriet sich nach dem Aufbegehren deiner liebenden Seele im Kreise und Rate ihrer Begleiter. Lange beschäftigte deine Geschichte den Rat, und lange brauchte es, bis wir eine gemeinsame Stimme finden sollten. Wir sprachen über Erfahrungen, die der große Geist, verbunden mit der großen Göttin in diesem Buch der Lebensweisheit für dich vorgesehen hatte. Du wusstest nichts von Kapiteln, die sich erst zu einem besonderen Zeitpunkt deines Lebens auftun sollten. So erhoben wir uns gemeinsam im Kreise des Rates. Ein Sprecher las aus dem, was dir für den wahren Weg der Erkenntnis als Prinzessin gegeben werden sollte. Dein Herz trug die Botschaft schon lange für den Fall der Fälle in sich. Es erinnerte dich dann und wann an die Kapitel, die du entfernt hattest, die zu deiner bisherigen Geschichte nicht gepasst hatten. Du hattest dann und wann die ersten Zeilen davon gelesen, und es schien keinen Zusammenhang zu dir und den Wünschen und Vorstellungen deines bisherigen Lebens zu geben. So legtest du diese Kapitel als Unwahrheit zur Seite.

Du lehntest dich auf, als du die Stimme des Rates hörtest, widersprachst heftig der großen Göttin, dem weisen Geist. Sie führten dich aber unabdinglich in die Tiefe und öffneten dir die dunkelsten Nächte deiner Seele. Abneigung, Angst, Schrecken und Wut hüllten dich in ein Kleid, das du nicht zu kennen glaubtest. Du riefst um Hilfe, wolltest dich in den Abgrund stürzen, richtetest all deine Kräfte zum weisen Geist, flehend um die Befreiung aus diesem deinem eigenen Gefängnis des Dunkels. Ja, so leidvoll begann deine neue Geschichte, die ich hier erzählen möchte. Setze dich zu mir, kleines Mädchen, und lausche dem Klang meiner Blätter, die im Winde tanzen. Sie fallen zu Boden, wenn die Zeit dafür gegeben ist, und sie kommen im Frühling wieder, wenn die Gesänge der Vögel und die sich öffnenden Himmelschlüssel die Stille der Kälte durchbrechen.

Die Geschichte des Prinzen und der Prinzessin, die einst im Wunsche und in den Gebeten füreinander gemeinsam begonnen hatte, nahm nun ihren eigenen Lauf. Der Prinz kämpfte sich aus den Zusammenhängen seiner Geschichte und sprengte die Kapitel seines Buches. Er zerbrach die Bilder seiner Wünsche und Vorstellungen. Er nahm sein Schwert in die Hand und lichtete sein eigenes Dunkel, das niemand, auch er selbst nicht, als Teil seines Selbst hätte wahrnehmen wollen. So wurde er vom Märchenprinzen zu einem Krieger, den niemand mehr verstehen konnte. Ja, er selbst hatte Mühe, sich wieder zu erkennen.

So mussten sie also getrennte Wege beschreiten, die Prinzessin auf dem Weg zu ihrem, von großen Kräften gehüteten Schatz, aus dem sich erst ihr weiteres Sein und Wirken offenbaren würde. Sie stand vor den Toren der Schatzkammer und bat inniglich um Einlass, aber sie wurde nicht vorgelassen. Der Prinz ging mit seinem Schwert zu den Toren seiner Beschränkungen und zertrümmerte sie aus seiner eigenen, unbändigen Kraft. Aber auch er fand keinen Zugang zu der Weisheit seines Herzens, warum all dies in seinem Leben nun geschehen sollte.

Es begann ein unerbittlicher Kampf zwischen den beiden um die Wahrheit ihrer Lebensgeschichte. Niemand konnte den wahren Inhalt lesen oder gar annehmen – und dennoch, es gab sie, die geheimen Hüter des Weisheitsschatzes, die die Beiden dann und wann an ihre wahre Aufgabe, an ihr wahres Sein erinnerten. Der Märchenprinz, den die Prinzessin einst suchte, den sie aus ihren Gebeten und Wünschen in ihr Leben eingeladen hatte, er hatte sich die Freiheit genommen, ihren Zauberwald, der ihm viele Jahre

Schutz und Heimat gegeben hatte, zu verlassen. Wutentbrannt richtete sie sich als Kriegerin gegen ihn und beschuldigte ihn, das von ihr behütete Wunderland zerstört zu haben, und setzte ihr Schwert in die alten, schweren und schmerzvollen Erinnerungen seiner Seele. Der Prinz, im Schmerze seiner blutenden Wunden, zog sein eigenes Schwert, um es ihr gleich zu machen. Beide standen sie nun in schwerem und leidvollem Kampfe miteinander. Dämonen ihrer eigenen Ängste, Schwächen und Zweifel kämpften um Sieg und Niederlage. Sie verwundeten in diesem unerbittlichen Kampfe stets sich selbst und riefen ihren Schmerz in die Klüfte ihrer eigenen Tiefen. Der tiefe Klang ihrer schweren und wutentbrannten Stimmen und ihrer Kampfeslaute war weit über die Ebenen und Weiten hörbar. So fielen beide, nach einem langen und erschöpfenden Kampfe geschwächt, in einen langen Schlaf der heilenden Träume. Sie hatte ihre von den geschlagenen Wunden befleckten Kleider abgelegt und hüllte sich in die Kleider des stillen Schmerzes.

Sein Kleid streifte er von seinem müde gewordenen und verwundeten Körper und legte es in eine Truhe, die er verschloss. Diese trug nun die Geheimnisse seines Lebens mit den unzähligen Erinnerungen an seine Prinzessin und ihren Zauberwald in sich. So vergingen die Jahre. Die alten Kleider wurden im Laufe der Zeit schon brüchig. Niemand konnte den Schlaf der beiden Träumenden stören. Als sie als Erste nach einem tiefen, erholsamen Schlaf erwachte, fühlte sie den Schleier um sich, der all das, was sie einst zu sein schien, was sie in Erinnerungen in sich trug, noch im Schweigen verhüllte. Als er seine Augen öffnete, wunderte es ihn. Die Stille der heilsamen Träume lag noch wie Nebelfetzen vergangener Zeiten um ihn. Sie beide konnten sich kaum mehr aus den verhüllenden Nebeln des Vergangenen an Freude oder Schmerz, ja nicht einmal mehr an die Liebe alter Zeiten erinnern.

Jeder suchte für sich in der Truhe des Vergangenen nach neuen Kleidern. Sie wollten sich, um nicht nackt zu sein mit den vielen Kleidern der Erinnerungen wieder bedecken. In diesen Momenten hörten sie aber stets eine wie aus feinsten Seidenfäden gesponnene, sanfte und doch sehr klare Stimme. Sie beide erinnerten sich an den Klang der Worte. Es war dieselbe Stimme, mit der sie aus dem Land der heilenden Träume geweckt worden waren. Wie ein feiner, silberner Glanz legte sich aus diesem Gesang der Schimmer schmerzender Erinnerungen und unverstandener Worte über vergangene Tage. Diese Stimme, sie half ihnen zu vergessen. Mit dem erwachenden Morgen wurde der Gesang der Göttin immer stärker. Die seiden silbernen Fäden der bedeckenden Nebel schienen sich im Lichte des erwachenden Tages aufzulösen. Im ersten Sonnenstrahl formten sich viele Lichtwesen zu einem klaren Strahl eines brennenden Sonnenwesens. Beide konnten sie in ihrem vom Schlafe noch nicht ganz geöffneten Blick diesen Feuerstrahl sehen und seine Hitze in ihrem Herzen fühlen. Unzählige Stimmen aus dem Nichts schienen sich zu einem Klangbild zu formen. Wie in einer Symphonie der Worte und Weisen erhoben sich die Klangwellen aus vielen, unterschiedlichen Instrumenten und Stimmen. Aus diesem Strom von Klängen und Farben hörten sie eine laute, klare und deutlich wahrnehmbare Stimme in schweren Tiefen und lichten Höhen.

Es waren nicht ihre Ohren, die da hörten. Aus ihrem Innersten vernahmen sie die Worte:

»Du bist nicht mehr der, der du einst warst, du bist nicht mehr die, die du glaubtest zu sein. Im Feuer des Herzens ist die wahre Liebe im Glanze der göttlichen Sonne erwacht. Ich, der Ich euch stets begleite, habe euch für den Weg der Liebe frei gegeben.«
Tief betroffen von diesem Geschehen knieten sie beide am Boden und waren bereit, diese Wahrheit in Dankbarkeit anzunehmen.

So entschieden sie sich, jeder für sich, aus dieser wundervollen Erfahrung des Herzens die Truhe des Vergangenen in den Tempel der sich verändernden Wahrheit zu stellen. Im Zustand der Mitte, im Jetzt, im Klang der EINEN Stimme, im erwachenden Morgen und mit einem brennenden Herzen verließen sie, jeder für sich, nun die inneren Räume der Erinnerungen. Sie fühlten sich geführt und beschützt, aber sie wussten nicht, was nun als nächstes auf sie zukommen würde.

Die ehemalige Prinzessin suchte sich einen Ort der Stille. Niemand von denen, die sie kannten, wusste, wo sie hingegangen war. Sie war nicht in den Erinnerungen, nicht im Vergangenen, aber auch nicht in ihren eigenen Wünschen und Hoffnungen zukünftiger Zauberwelten zu finden. Allein jene, die wie sie selbst bereit dazu waren, das Kleid ihrer Erinnerungen in den Tempel der sich verändernden Wahrheit zu legen, spürten ihre Nähe und den Ruf ihres Herzens. Jeden, der diese Stimme ihres Herzensrufes vernehmen konnte, lud sie ein, das Licht des erwachenden Morgens mit ihr zu erleben.

Jeder von ihnen, der es schaffte, dieses Licht seiner eigenen Seele in sich zu entfachen, stand vor dem Tor, das allein im Geben und Vergeben betreten werden konnte. Dort musste jeder, wie sie selbst, etwas zurück lassen, das ihm lieb war, auf das er im Leben nicht hätte verzichten wollen. So gingen sie also ihrer Wege, geführt aus der Weisheit des göttlichen Tempels der sich verändernden Wahrheit.

Der ehemalige Prinz folgte dem Weg seiner Herzenswahrheit, und die ehemalige Prinzessin begab sich auf die Suche nach dem wahren und reinen Tempel der brennenden Liebe, den sie einst, nach all ihren Wünschen und Gebeten, in all ihren Träumen und Zauberwelten gesucht hatte.

Als sie eines Tages inmitten einer Blumenwiese voller Düfte und Farben neben herabtosenden Wassern im Schein der Sonne und im Rauschen des Windes erwachte, sah sie sich selbst. Von oben stand sie über diesem wundervollen Bild der Glückseligkeit. Zugleich lag sie in einem Blumenmeer, umgeben von Wesen anderer Welten, denen sie sich völlig öffnen und vertrauensvoll hingeben konnte. Es war ihr, als hätten all ihre Erinnerungen, Wünsche und Hoffnungen noch einmal die Wesen und Hüter all jener Welten zusammen gerufen, die sie auf ihren vielen Lebensreisen bewohnt hatte. Der einstige Prinz, ja auch er zeigte sich in den Zeiten ihrer durchwanderten Weltenräume als Wesen, voller Liebe und göttlicher Weisheit. Wie Ströme goldenen Lichts ergossen sich unzählige Erfahrungen in Freude und Trauer, aus den Quellen ihres Lebens, aus seinem und ihrem Herzen zugleich. Aus den Tempeln und Orten, die sie einst selbst durchwandert hatten, strömten Menschen und Wesen, die das Geheimnis des Tempels der brennenden Liebe und der sich öffnenden Herzenswahrheit erfahren wollten. Sie kamen zu ihr, die sie sich selbst erkannte und sie drängten anderen Ortes in seine Nähe, um sich im Feuer seines Herzens zu reinigen. Ihre mühevolle Wanderschaft berührte alle, die ihren Wegen vertrauen wollten und öffnete ihnen den Weg zu ihrem eigenen, inneren Weisheitsschatz. Sie, die einstige Prinzessin, zeigte sich als wunderschöne Göttin, umgeben von besonderen Engeln, aus denen Ströme von Heilungskräften über die Menschen in die Weltenweiten flossen.

Als sie eines Tages ihn, ihren ehemaligen Prinzen, über die Weiten des Reinen und Schönen auf sich zukommen sah, erwartete sie ihn mit viel Wärme in ihrem Herzen. Er berührte ihr vor Freude bebendes Herz und sagte zu ihr: »Warum weinst du, meine liebe Prinzessin. Du lebtest lange im Tempel der sich verändernden Wahrheit. Du hast dort viele Menschen gesehen, die, wie du selbst auch, ihre alten Kleider weinend und trauernd zurücklassen mussten. Der Bruder Tod, er wollte dich in diesem Tempel in duftenden Bädern und heiligen Essenzen des Dienens und der Hingabe reinigen und vorbereiten für den Eintritt in den Tempel der göttlichen Wahrheit. Du solltest dort mit neuen Kleidern geschmückt und bekleidet werden. Hier sollten sich nun deine Tränen der Trauer in freudvolle Tränen des Erkennens wandeln. Hier können wir uns wieder begegnen. Wir haben den wahren Tempel GOTTES, den Tempel des Glücks, der Freude und Fülle gefunden. Hier können wir uns erneut begegnen. Bitten wir nun den Hüter dieses geheiligten Ortes, uns seine Botschaft zu vermitteln. Er war es, der uns in unserem wahren Sein erkannte und seine Tore für unsere Zusammenkunft öffnete. In diesem Moment trat ein Wesen hervor, das die beiden sehr erschreckte. Es war ein mächtiger, in Feuer brennender Dämon, vor dem sie sich beide fürchteten.

Erschrocken standen sie da und wollten fliehen, als eine kraftvolle Stimme sie bat zu hören.

»Hier ist der Ort, den unzählige Menschen auf ihrer Wanderschaft suchen und den nur wenige, durch unzählige Jahre und Leben hindurch, zu finden vermögen. Ihr habt hier und jetzt das Geheimnis und den Schlüssel für den Zugang zu diesem Tempel des Reinen und Schönen gefunden. Dieser Tempel der göttlichen Wahrheit kann nicht aus der Kraft der menschlichen Absichten und Wünsche betreten werden. Er verwehrt denen den Zutritt, die ihn mit dem Tempel der sich verändernden Wahrheit verwechseln. Er lässt jene vor seiner Tür stehen, die ihn in Entsagungen, in Schuld, Sühne und Selbsterniedrigung zu öffnen trachten. Er weist jene zurück, die die Liebe GOTTES auf Erden zu einem Instrument der Macht und Kontrolle, des Besitzes und der Wolllust erniedrigen. Ich bin der Hüter dieses Ortes, weil ich vom großen Geist den Auftrag erhielt, dieses Tor zur wahren Quelle der Liebe zu hüten. Wer auch immer glaubt, ohne meine Erlaubnis hier eintreten zu können, dem zeige ich die Schatten seiner Seele. Aus diesen Bildern ergreifen viele die Flucht, und sie fürchten sich vor sich selbst. So tretet ein, ich werde euch zum Schatz der Schätze führen.

Du, meine geliebte Seelenschwester, hast die Erlaubnis, diesen Tempel der Erkenntnis zu betreten. Diesen Ort kannst du allein mit der goldenen Krone der Königin betreten. Sie wird im Erkennen ihres wahren Lichts stets ihresgleichen suchen und dem König begegnen, der sie in ihrem leuchtenden Kleide als Abbild dieses Tempels, in brennender Liebe und aus der Wahrheit des Herzens erkennen und lieben wird. Dafür sollte dein Prinz aus deinem Leben treten. Er hat sich auf den Weg gemacht, sich selbst und seinen Weg zum Tempel GOTTES zu erkennen.

Wer immer diesen Ort der Erkenntnis betritt, wird vom Geheimnis des wahren Lebens und der wahren Liebe erfahren. So vertraue dich weiter diesem Wege an und danke all den Menschen und Wesen, die dir auf dieser Reise durch die Weltenräume und Zeiten begegneten. Auch die Boten der Schattenwelten führten dich den Weg durch die Sümpfe deines Seelengartens. Im Tempel der Erinnerungen zeigten sie dir ihr verdecktes, altes und erstarrtes Gesicht. Im Tempel der sich verändernden Wahrheit forderten sie dich, zu vergeben und dich im eigenen Wandel von vielen Lasten zu befreien und neu zu finden. So geh weiter deinen Weg, und nimm bereitwillig an, was ich dir sage.

Kein Prinz, kein menschliches Wesen könnte dir jemals den Weg zum Tempel der brennenden Liebe und der göttlichen Wahrheit zeigen. Diesen Weg kennt ALL-EIN nur dein Herz. Im Lichte des Geistes wirst du IHN, den wahren Liebenden und Gebenden erkennen und ihm folgen.

Ich habe meine Aufgabe erfüllt und darf in mein Reich nun zurückkehren.«

Nachdem sie diese Stimme des Torhüters in ihrem Herzen vernommen hatte, wandelten sich ihre Sinne. Eine Vielfalt von Vögeln, Schmetterlingen, Bienen und Insekten tanzten in den Lüften. Die Brise des sich erwärmenden Tages umwehte sie. Im Tanze der Fliegenden glaubte sie eine Stimme zu hören. Auch mir, dem Ehrwürdigen Baum, wehte die Kraft dieser Stimme in den Zeiten meines Wandels die Blätter von meinen Ästen. Sie ließ mich in den rauen Herbstnächten nackt werden. Mit Eiseskälte schüttelte und bog der Atem dieses großen ERHABENEN meinen Stamm. In meiner eigenen Lebensgeschichte waren aber SEINE Berührungen und SEINE Botschaft in der Brise des warmen und lichten Tages auch wärmend, heilend und gebend.

Als diese Brise sich erhob, zeigte sich die ehemalige Prinzessin in Schönheit, Freude und Leichtigkeit. Der Geist des ERHABENEN flog gleich einem weißen, fliegenden Adler über die umliegenden Berge und Täler. Über die Stimme des Windes trugen sich SEINE Worte zu ihr:

»ICH lasse, als euer beider Begleiter, Mein Herz in euren Veränderungen fließen. Nicht nur eure gemeinsame Liebe hält euch verbunden, sondern die Kraft und das Feuer Meines Herzens. Dem kannst und solltest du vertrauen, liebes Wesen. Einsamkeit, Not und Schmerz verspürst du in diesen Tagen, und das ist gut so. Du lernst dabei, deine inneren Räume mit dem göttlichen Vertrauen, mit der kosmischen Liebe, aber auch mit den kleinen Freuden des Tages zu füllen und zu erfühlen. Du lernst, ganz im Vertrauen auf dich und deine Führung bei dir zu sein, dir Freude zu bereiten und die Wandlung eines geliebten Menschen anzunehmen.
Zeige dich bereit, Altes in dir sterben und das Neue kommen zu lassen. Die Liebe, geliebte Schwester, erfüllt sich in den besonderen Momenten des Lebens, in denen du ihr das gibst, was sie braucht. Schau auf das Becken, in das der tosende Wasserfall fällt. Sei ein geheiligtes und sich

selbst füllendes und übergehendes Gefäß. Gib dich diesem Strome hin, und du wirst erkennen, dass der König, der einst Prinz war, zu dir, in dein reines Herz zurückkehren wird. Er ist wie du, als Geliebter und Liebender, frei für dich, frei für die liebenden Seelen, frei für die Wanderschaft und für all jene, die ihn erkennen. Sei frei von Wünschen und Absichten, frei von Bildern und Erinnerungen, sei frei für den Weg, sei frei für den Schatz der Schätze. Dies ist die wahre Aufgabe, die euch als Liebende und Geliebte im Tempel der Erkenntnis und der Wahrheit gegeben ist. Diesen Weg hat er, den du verloren glaubtest, aus seinem Herzen gesucht. Diesen Weg hast du, die du dich verlassen fühltest, aus deinem Herzen gefunden.«

So hörte sie verwundert SEINE Stimme.

Der Ehrwürdige Baum, er lauschte in einem Moment der Stille und Besinnung und spürte wie nie zuvor seine Krone, die das wärmende und gebende Licht in sich aufnahm und ihm Kraft und Frische gab. Im Symbol des Lebensbaumes verneigte er sich vor dem, der ihn entstehen ließ, der ihn stets nährte und seine Kraft und Weisheit stärkte. Gleich einem sich im Wandel der Jahreszeiten verändernden Himmelszelt bewegte sich seine Krone in der Kraft des großen Geistes. Tanzende und mit verspielten Lauten flüsternde Blätter lösten sich von seinen Ästen und fielen in den Schoß der Prinzessin, die noch wie im Schlafe an seinem Stamm lehnte. Sie hörte die vergänglichen Stimmen der einst grünen Blätter gleich einem Gesang des ewig sich Wandelnden, des in Freude sich hingebenden Lebens. Eine der Rosen, die sie gebracht hatte, zeigte ihre Schönheit und Erhabenheit und duftete im Mysterium des Lebens. Bald stirbt auch sie in der Vergänglichkeit und wird stets an anderen Orten neu im frischen Dufte geboren.

Der ehrwürdige Baum, selbst berührt vom Tanze seines eigenen Wesens, verneigte sich vor den Weisen des Lebens und sprach nun zu ihr die Worte des Abschieds:

»Geh, geliebte Schwester, diesen Weg, der dir gegeben wurde. Nehmt euch als Menschen so an, wie ihr als Seelen bereit wart, euch anzunehmen. Ihr werdet gemeinsam erkennen, wie einfach es ist, die Liebe in ihrem wahren Sein zu erfahren und zu nähren. Ihr solltet so den Jahreszeiten des Lebens in euch Raum geben, den die Liebe braucht, um sich in Meinem Namen auf Erden zu verwirklichen. Diese Geschichte, geliebte Schwester, möchte auch von denen erzählt sein, die sie einst begonnen hatten, die Prinzessin, der Prinz, die Liebenden und Geliebten, die Krieger des Herzens und Boten des neuen Morgens. Im Kuss des Erwachens werden sie von Ihm auf dem Weg zum Reich der Reiche begleitet. Mögen sie alle Sein Reich als Königinnen und Könige betreten.«

Ja, mein Geliebter, nun sind wir wieder da, wo deine Erkenntnis nach weiteren Worten sucht. So brauchen wir für die Liebe die Geschichten des Lebens, damit sie von den vielen Bewusstseinsebenen der Menschen erkannt und gefasst werden kann. Dies haben die Weisen der Maya, denen du in deinem Leben begegnen durftest, als tragende Botschaft ihrer Liebe zum Leben erkannt. Diese Weisen lehrten dich, Respekt, Dankbarkeit, die Haltung des Gebens, das Vertrauen, Vergebung und Dienen als kostbare Aspekte der göttlichen Liebe anzunehmen. Niemandem, der zu den Quellen des göttlichen Lichts vordringen möchte, bleibt es erspart, in die dunkle Nacht der eigenen Seele hinab zu steigen. Diese Nacht trägt stets auch die vielen seelischen Verletzungen und Schmerzen zurückliegender, menschlicher Existenzen in sich. Aus dem intensiven Wunsch der Seele, wieder als Juwel GOTTES zu leuchten und selbst zum Tempel der Erkenntnis zu werden, bewegt das Leben in all seiner Vielfalt und Herausforderung die Menschen.

Dein Leben führte dich gleichsam immer wieder in den verlorenen Zauberwald. In seltenen Momenten der Erinnerung spürtest du die Magie der Zauberwelt aus deiner Kinderzeit. Im Mysterium des Wandels wurde dir der Zugang zu den unterschiedlichsten Welten geöffnet. Mit dem Mut und der Kraft deines Herzens hast du gekämpft und bist deinen Weg gegangen.

Du selbst spürst aus meinem Wirken die sich täglich verändernden, inneren Bewegungen und die sich stets neu definierende Kraft deiner Liebe zu GOTT, zu deinem Leben und zu den Menschen. Ich führe dich ständig in äußere Lebensumstände, in denen deine Gefühlsebene reagiert. Du spürst diese Veränderungen als Freude und Hingabe, aber auch in Ängsten, im Rückzug, in Schmerz und Einsamkeit. Du entscheidest dich aus meinen verborgen liegenden Seelenanteilen und Erinnerungen für die Öffnung zu einem Menschen, oder du verschließt dich vor einer schmerzhaften Erfahrung in einer Begegnung. Sobald du die Ebenen des eigenen Dunkels betrittst, werden dir zu dieser Zeit auch im Äußeren, im täglichen Leben, Situationen zugeführt, in denen du lernen kannst, zu bestehen und aus deinem Herzen Situationen zu verändern.

Meine Führung durch dein Leben gleicht der Pupille des menschlichen Auges, das sich dem äußeren Licht- oder Schattenverhältnis anpasst, um keinen Schaden zu erleiden. Ein Zuviel des kosmischen Lichtes, ein Zuviel einer Erfahrung mit dem Schattenreich kann auch Schaden erzeugen. Es können Menschen in einer zu starken Energie, in einem zu grellen Licht oder in einem zu verdichteten Dunkel sogar zugrunde gehen, wenn sie darauf nicht vorbereitet sind. So gehst auch du – in der Abstimmung mit mir – durch ein manchmal Zuviel oder auch Zuwenig an Licht und Liebe. Dies ergibt sich aus den unterschiedlichen Lebensumständen und sollte dich nicht zu sehr beunruhigen oder aus der Balance bringen. Solch intensive Lebenserfahrungen lehren dich, in einer gewissen inneren Beständigkeit und Gelassenheit zu bleiben. Diese Haltung ist der kosmischen Kraft der Liebe sehr nahe, die strahlt wie die täglich scheinende Sonne, einmal mehr oder weniger verdeckt, in Kälte, Wärme und Hitze, im Heilsamen wie im Zerstörerischen. Ja, die Liebe kann auch vieles zerstören, was ihrem Wesen nicht entspricht.

Das Licht kann in Ebenen reichen, wo sich das Dunkel plötzlich wandelt. Die Dunkelheit kann aber auch das Lichtvolle verdecken und dich – ebenso wie grelles Licht – in die Blindheit versetzen. Die Schattenwelten sind aus ihrer Schwere und Dichte oftmals für den Menschen über die Emotionen stärker spürbar, sollten aber dennoch nicht stärker in deinem menschlichen Bewusstsein verankert sein. Hier liegen die Qualitäten von Hingabe an das Geschehen aus meinem Wissen, aus meiner geistigen Führung. So ist es auch für dich wie für alle anderen Menschen eine Herausforderung, sich den eigenen Lebensumständen zu stellen und daraus die Lektionen als Herzenskrieger zu lernen. Es ergibt sich auf diesem Weg der Liebe die Konfrontation mit den eigenen Schattenseiten und es ergeben sich Verbindungen zu geistigen, lichtvollen Seinsebenen.

Denke daran, dass der Weg der Liebe und Erkenntnis stets Erfahrungen beider Seiten, Licht und Schatten in sich trägt. Es braucht also den Weitblick des wandernden Menschen, der aus seiner Anlage, aus seinem Blickwinkel heraus die dunklen Erfahrungen nicht überbetont und aus seinem Wesen stets die Lichtseite des Geschehens bereit ist zu betrachten.

Somit steht diese große göttliche Kraft aus dem Quell des ICH BIN in Verbindung mit der menschlichen Haltung von Vertrauen, Weisheit, Liebe, von Reinheit, Tapferkeit, Mut und Hingabe. In diesen Qualitäten liegt der Schlüssel für die Erlösung des Menschen, für die Heilung seiner seelischen und körperlichen Wunden, für das Erkennen und Öffnen seines wahren Lichtes.

Für die besonderen Lebensaufgaben wird jedem Krieger des Herzens ein großes, geistiges Geschenk gegeben, das Schwert Michaels, in Maya die Lanze HUN AJPUU's, in den östlichen Lehren das Schwert SHIVA's – aus welcher Kultur man die Kräfte eben zu betrachten vermag. Dieses Geschenk ist ein kostbares Werkzeug, um sich durch die Dichte des Lebens unbeschadet bewegen zu können.

So sei mutig und zeige deine Gefühle, betrachte moralische Gesetze, die in dir, wenn du aus deinem Herzen geführt bist, ihren Wahrheitsanspruch verlieren. Geh freudig deine Wege und befreie dich selbst von alten Gewohnheiten, gedanklichen Konzepten und den Vorstellungen anderer Menschen. Es ist innerlich bereits alles umgebaut dafür, Freude, Schönheit und Fülle in dein Leben fließen zu lassen. Ich will dich, GELIEBTER, nicht überfordern, aber einladen, das wahre Geschehen hinter deiner bisher noch nicht ausgereiften göttlichen Wahrheit anzunehmen und zu erkennen.

Lerne, so nah bei Mir zu bleiben, die Ich alle Liebe BIN, dass deine äußere Welt nur Liebe auf dich zurückstrahlen kann. Was GOTT ist, das sind wir. Denn Er, GOTT, das All, die strömende Liebe, hat uns im Zusammenwirken von Körper, Geist und Seele den Weg der Befreiung, als Essenz für unseren Aufstieg in höhere Seinsebenen gegeben. Wir sind niemals von IHM getrennt, weil in der Tiefe unserer Verbindung das All pulsiert, das ewige Gesetz, unser wahres Erbe.

ICH BIN die SEELE, die mit dir, GELIEBTER, der du aus mir Mensch geworden bist, in die Erfahrungen des Weltengeschehens eingetreten ist.

ICH BIN das Wesen, das gestern, heute und die kommenden Zeiten mit dir verbunden ist. Du fühlst dich einmal näher oder dann auch wieder weiter von mir entfernt. Es sind allein die Umstände, in denen du lebst, die es dir und oft auch mir erschweren, diese Nähe, ja die in uns angelegte Einheit bewusster wahrnehmen zu können. ICH BIN DIE KRAFT, die dir das Mysterium deines Lebens in ständig neuen Zusammenhängen näher bringt.

Deine in Liebe und Dankbarkeit Dich Begleitende
Meisterin des Herzens und der Weisheit,
Deine Dich in Gott liebende Seele.

Des Wandels und der Liebe Quellen

Die geistige Führung aus MIR, deiner Seele, hat in keiner Phase deines Lebens versagt. Ich bin in dir die tragende Stimme deines Wandels aus der Liebe Quellen, den du in den vielen Turbulenzen deines Lebens in Erfahrung bringst und aus dem du auch mich, deine Seele in ihren kosmischen Aspekten als sich ständig Erneuernde und Erfahrende erkennst. Die Suche nach verlorenen Anteilen meiner selbst wird im Wandel eines Menschen zu einer Suche nach der wahren Quelle des Geistes und der Liebe. Diese Suche wird zu einem Weg der Klarheit und Erkenntnis, der durch die Straßen der Unterwelten in das Licht des Tages, an die Quelle zu GOTT führt. Die Seele, die ihre Anteile zu einem Ganzen formen konnte, die Seele, deren Garten in Reinheit erblüht, kann diesen Weg des Lichts ohne jegliche Behinderungen durch die Reiche der Schattenwelten beschreiten. Dies ist eines der Mysterien, das sich für die Menschen, die die wahre Liebe suchen, öffnen kann. Ich möchte dir Zuversicht geben, dass jeglicher Schmerz in deinem Leben die Absicht in sich trägt, dich zu klären und für diesen wahren Weg vorzubereiten.

Nehmen wir also weitere Einblicke in die Impulse deines Lebens, das sich aus einem ständigen Wandel in seiner Vielfalt und Buntheit erfüllt. Es sind doch inzwischen viele Jahre eures Beisammenseins geflossen. Die Erinnerung an damals – möchtest du wirklich, dass ich damit fortfahre? Deine Begleiterin, diese meine geliebte Seele, sie ist doch inzwischen schon wieder ihre ganz eigenen Wege im Menschsein gegangen.

Einsamkeit, Not und Schmerz spürtet ihr beide in jenen schweren Tagen des Loslassens voneinander. Was war geschehen, als du dich für diesen großen Wandel in eurer Partnerschaft entschlossen hattest? Darf ich sagen, wie ER, dem du dein Leben anvertraut hast, es für dich vorgesehen hatte? Es ist die Erinnerung an eine schwere Zeit, ich weiß, aber wir haben vereinbart, ehrlich miteinander zu sein. Ich habe dich schon einmal daran erinnert, dass die Geschichte einer Menschenliebe nicht immer mit den kostbaren Momenten des Verliebt-Seins übereinstimmt. Es war und ist deine Geschichte wie in einem Buch, in teils schon vorgegebenen Kapiteln, geordnet. Ich habe den weisen Baum gebeten, dir diese Geschichte zu erzählen. Er hat sie für viele Menschen erzählt, die in sich den Impuls wahrnehmen, den Lebensweg in neue Bahnen zu lenken. An das wollte ich dich erinnern, indem wir gemeinsam durch deine Kindheitsgeschichte und zugleich durch die ersten Kapitel deines Lebensbuches wanderten. An diese Impulse wollte ich dich erinnern, wenn du, den Blick auf deine Lebensaufgabe gerichtet, mit Tränen in den Augen zurückschautest. Ohne zu wissen, was dich erwarten würde, fühltest du das Vakuum, das niemand füllen konnte. Erinnerungen, Gewohnheiten, Sicherheiten, das Gefühl des Geborgenseins und des Schutzes der Gemeinschaft begannen in dir zu zerbrechen. Zugleich konnte sich das Neue noch nicht zeigen. Du standest im Jetzt, für die wahre Begegnung mit mir. So erlebtest du die aus mir sich öffnende Liebe zu dir selbst, zu dem

Kern, der Ich Bin in deinem Alleinsein. Kein menschliches Wesen hätte zu dieser Zeit die Möglichkeit gehabt, diese beginnende Liebesgeschichte zwischen dir und mir zu stören.

Erinnere dich an den Schmerz, den dein Mayavater Don Julian in sich trug. Inmitten von Zeremonien, die ihr gemeinsam für die Heilung der Menschen gehalten hattet, überkam ihn diese große Kraft des Alleinseins. Auf den Abhängen des Vulkans *Agua*, an dessen Fuße er lebte, kamt ihr zusammen, um für die Fruchtbarkeit der Erde in der Trockenzeit Guatemalas den Regen zu rufen. Er hatte sehr gute Einblicke in das Mysterium des Rituals. Er wusste, dass die Liebe zu den Naturreichen, die Liebe zu den vier Elementen und vor allem seine intensive Liebe zum Herzen der Mutter Erde die großen Kräfte des Wetters beeinflussen können. Du knietest an seiner Seite, vor euch ein Erdloch, in das ihr duftende Brote, Schokolade, Früchte und andere Kostbarkeiten gelegt hattet, die auf dem Markt seiner Heimatgemeinde zu finden waren. Diese Rituale waren kein schamanischer Kraftakt eines Magiers. Du spürtest diese Zeremonien als seine persönliche Liebesgeschichte, als Gabe an das Leben, als Vergeben seiner Seele. In der Hingabe an die Naturwesen lud er diese Vielfalt von Kräften und Wesen ein, für das Wohl seines Landes gemeinsam zusammen zu wirken. Auf den Knien bat er darum, die Menschen seines Volksstammes der Maya *Pocomames* mit der Kraft des Regens, aber auch mit dem Wasser des Himmels zu reinigen und zu segnen. Die Tränen in seinen Augen gaben dir in diesen Momenten Zugang zu seinem Herzen und zu seiner Einsamkeit, in der er inmitten einer Großfamilie und als Hüter seines Volksstammes lebte. Das Sehnen nach mehr Verständnis, nach liebender Nähe eines Menschen und einer im Herzen spürbaren Geborgenheit konnte durch seine schwere Kindheit, durch sein Leid geprüftes Leben nicht gestillt werden. Seine Liebe zu sich selbst wurde durch die Jahrzehnte währende Ablehnung als armer Indianerbauer, durch politische Systeme und die Verurteilungen vieler Unwissender seines eigenen Volkes überdeckt. Er zählte als Mensch für viele Jahre seines Lebens zu den Ärmsten der Armen. In seinem Inneren erkanntest du ihn dennoch als Reichsten der Reichen. Im Wesen des Geistigen Kriegers liegt es wohl auch, die Verwundungen der Seele und des Herzens in der Liebe zum gelebten und sich öffnenden Leben zu heilen. Sein Sehnen nach einer liebenden Mutter zeigte sich auch in seiner Hingabe an die Kosmische Mutter Maria. Sie hütete und begleitete ihn als großen Einweihungspriester, Schamanen, Magier und Heiler des Herzens.

Auf dem Werdegang eines sich entfaltenden Menschen stehen die Erinnerungen an prägende Lebenserfahrungen oft wie Wegesperren vor mir, die ich diese LIEBE als SEELE in mir trage. Er war dir ein besonderer Begleiter durch die Erfahrungen deines eigenen Loslassens. Er war dir Bote deines eigenen Sehnens nach Geborgenheit und Liebe und nach einer Welt, die nicht von hier ist. Dies solltest du aus dem Zustand deines eigenen, inneren Vakuums im Wandel deines Lebens erkennen.

Wie auch immer diese Zeit in dir wahrgenommen wird, das lass Sache deines Menschenlebens sein, wo Vergangenheit und Zukunft auseinander liegen. Ich spreche mit dir im JETZT, denn ich, die ICH BIN, kenne diese Eingrenzung nicht und gehe davon aus, dass ich durchaus im Jetzt, in deiner Gegenwart, mit dir über etwas sprechen kann, das schon Jahre zurückliegt.

So einfach ist es, Seele außerhalb von Raum und Zeit zu sein! So einfach wäre es für dich, verbunden mit MIR, ein kosmisches Wesen im Menschsein zu werden. Ich habe durchaus den Eindruck, dass es vielen Menschen Spaß macht, sich einzugrenzen, um nur nicht zu sehr den Einflüssen ihrer Seele ausgesetzt zu sein. Die Bereitschaft, mich anzunehmen, bedeutet im Menschsein Wandel und Anpassung an feinstoffliche Veränderungen; sie lädt ein zur Mitbewegung in einem ständig sich verändernden Kosmos.

Geh also nun in deine Seelenerfahrung, in meine Erinnerungen, und erkenne, dass vieles, was du als vergangen bezeichnest, gerade jetzt geschieht, ja dass diese Erfahrungen in meinen Welten aktiv und lebendig sind. Aus dieser meiner Lebendigkeit kannst du das, was dich belastet, im Jetzt durch eine neue Sichtweise, durch einen größeren Blickwinkel, verändern. Du kannst diesen Text in einigen Tagen wieder korrigieren, manches aus einem anderen Blickwinkel betrachten und neu in dein Weltbild einfügen. Auch ich möchte in deiner Lebensgeschichte ständig umgeschrieben werden. Dieses »update« soll durch aktuelle Dateien, Erfahrungen, Programme erweitert und erneuert werden. Dies bedeutet für deine Erfahrung, dass du auch die Jahre deiner Partnerschaft aus einem größeren Blickwinkel, den ich dir hier in diesen Erklärungen gebe, verändern kannst. Schreibe diese Erfahrung um als Liebesgeschichte, und korrigiere in deinem Bewusstsein die Phasen eurer Nöte und Sorgen. So kannst du auch mich, deine Seele, als Leid tragende und zugleich Lernende heilen und befreien, wie ich dich aus vielen alten Verletzungen in deiner Lebenswanderschaft geheilt habe.

Erlaube mir, dich für diesen Vorgang weiter zu schulen, dir weitere Erklärungen zu geben. Ich sagte dir schon, dass die Liebesgeschichten der Menschen weit verzweigte Zusammenhänge haben und mit einer besonderen Aufgabe verbunden stehen, mit der wir nicht gleich in der Phase der Verliebtheit »mit der Tür ins Haus fallen wollen«. Dennoch kommt für die Liebespaare die Zeit, in der es unumgänglich ist, gemeinsam in die Tiefen ihrer Seelenanteile zu steigen. Es sind Lebensphasen, in denen wir als SEELEN, auf der Suche nach Vervollkommnung, in die eigenen Unterwelten vordringen und die Tore zu alten, belasteten Erinnerungen anderer Zeiten öffnen.

Jedes Hinabsteigen in diese schweren und schmerzvollen Lebensmomente hat viel mit einem kleinen Tod zu tun, der auch so manches in dir und deiner Begleiterin in Bewegung gebracht hat. Vielleicht würdest du diesen Zustand nicht unbedingt als Wunschbild deiner Liebe zu ihr bezeichnen, aber es ist für mich und für die Seelen vieler Partner ein wertvoller Dienst, sich gemeinsam auf die Suche nach verlorenen Anteilen der Seele zu begeben. Wir betrachten es als den größten Liebesdienst im Menschsein. Jede Heimkehr eines verlorenen Seelenanteils in das Licht löst auch im Menschsein große Freude und Befreiung aus. Auch wirkt diese Heilung der Seele unmittelbar auf die Seelen der Verstorbenen ein und gibt ihnen als Seelengemeinschaft eine wundervolle Möglichkeit, sich auch in ihren Reichen mitverändern zu können. Sie können aus deinen und eurer beider Erfahrungen auch ihre Dateien umarbeiten. Sie verändern sich ganz besonders aus eurer Aufmerksamkeit, diese Erfahrungen in ihre Ebenen weiter zu leiten. Diese faszinierende Dimensionsreise in verschiedene Reiche und

Seelenanteile lehrten die Weisen alter Völker. Es ist an der Zeit, dass sich der Mensch wieder dieser Lehren besinnt und in seinen Lebensausrichtungen entsprechend umsichtig handelt.

So gab es zwischen dir und deiner Begleiterin so manches, was ihr miteinander schon nach wenigen Monaten eures Beisammenseins angehen musstet. Erinnere dich, nein, fühle es jetzt, wie schmerzhaft es war, die Diskussionen um die eigene Wahrheit zu führen, die ihr beide noch nicht genug integriert hattet. Jeder wollte für sich haben, was man nicht besitzen kann, die Nähe und den Feuerstrom der mit dem Göttlichen verbundenen körperlichen Liebe, die Verbindung zur Kraft des heilen Frau- und Mannseins, die Wärme und Klarheit des im Alltag strömenden Herzens. Zwischen diesen Wünschen lagen die Realitäten des Alltags, der Aufbau einer Existenz, die etwas hoch gegriffenen Kredite, die sich für ihren Weg freikämpfenden Kinder, das mit großem eigenen Loslassen verbundene Begleiten eurer eigenständigen Kinder, ein mühsamer Arbeitsalltag und die vielen, kleinen Schicksalsschläge im Lebenswandel. Die Suche nach dem tieferen Sinn des Lebens bewegte euch beide in großer Intensität. Ihr konntet in dieser hochaktiven Zeit eures Lebens unsere Hinweise oft kaum mehr wahrnehmen.

Wir waren also bereits tätig, euch den Weg der Erlösung zu öffnen. Nein, ich meine hier nicht die Beendung eurer Partnerschaft; ich meine wirklich die Gabe und Bereitschaft, euch einander der in euch verankerten Wahrheit zu stellen und miteinander in unsere Reiche und Erfahrungen einzudringen. Viele der Seelenanteile, die nicht aufeinander abgestimmt waren, konntet ihr miteinander finden. Ihr solltet sie durch eure wahrhaftige Suche, durch eure Gebete, durch eure Form, auch aus der Schwere des Lebens miteinander weiter zu schreiten, befreien. Vieles erlöste sich durch eure Bereitschaft, euch den Heilmethoden eurer spirituellen Begleiter zu stellen. Dennoch gab es in dir das Sehnen nach einem Zustand, den du niemals beschreiben konntest und der ALL-EIN mit mir, deiner Seele, verbunden stand.

Warum spreche ich gerade jetzt von deiner Begleiterin, wo ihr doch nach irdischem Recht geschieden seid. Erlaube mir, aus meinem Blickwinkel eure Scheidung etwas anders zu betrachten. Es geht schließlich auch darum, diesen schmerzvollen Lebensabschnitt auch für andere Menschen in ein »besseres Licht«, in größere Zusammenhänge zu stellen.

Hier möchte ich darauf hinweisen, dass auch nach einer Trennung zweier Menschen jederzeit die Möglichkeit besteht, sich selbst aus der Sicht der Seele wahrzunehmen. Ich habe euer erstes Kennenlernen, das Vibrieren eurer Herzen, die Freude über einen neuen Lebensabschnitt auf einem anderen Kontinent und vieles mehr gerade wieder miterlebt – im JETZT –, und ich sage dir, deine ehemalige Begleiterin ist gerade jetzt, da ich von ihr spreche, im Scheinwerferlicht des Schönen und Heilsamen. Der Blickwinkel des Herzens heilt die Wunden, die Menschen in ihren Erinnerungen in sich tragen. Könnten die Menschen doch erfassen, dass die Zentrierung auf den Schattenteil des anderen viel Schmerz und Leid nach sich zieht. Es bedeutet, dass in uns Seelen die Erinnerungen mit den oft sehr leidvollen Energien der Trennung aktiviert werden.

Es sind dies Erfahrungen auf Ebenen außerhalb eures Raum- und Zeitbegriffs, auf denen wir als Seele uns ganz selbstverständlich bewegen und das Erdengeschehen mit euch wahrnehmen. Wir haben nur für kurze Momente die Zeit in diesem Rückblick deines Lebens etwas verschoben. So sind eure beiden sich begleitenden Seelen also innerhalb und zugleich außerhalb eurer Erfahrungen im Diesseits. Wir haben aus dieser Beweglichkeit einen anderen Überblick und vor allem einen anderen Einblick in das wahre Geschehen um einen Menschen. Aus diesem Grunde ist es so wichtig für dich, GELIEBTER, in ständiger Verbindung zu mir, deiner Seele zu stehen und meine Impulse in deinem Lebenswandel aufzunehmen.

Zwei sich liebende Seelen werden durch eine Scheidung nicht voneinander getrennt, auch wenn die Sprache der Rechtsanwälte und Richter dies so ausdrückt. Das, was ich hier anspreche, ist die Ebene des Menschlichen, wo es der Ordnung bedarf, wo Menschen sich für ihre Lebenswege binden oder freigeben, wo Liebe und Besitztum sehr eng verknüpft sind.

Wer immer sich in das wahre Wesen der Liebe einfügt, wird erkennen, dass die Liebe keine Bedingungen stellt, sondern ein Ausdruck eines Zustandes ist, der nährt, verbindet, heilt und sich aus dem Großen verströmt. Dies kann in einem Zustand einer Partnerschaft der Fall sein. Die Liebe eines geschiedenen Paares sollte ihrem wahren Wesen nach ein weiter, fließender Strom zwei voneinander getrennter Menschen, aber zweier verbundener Seelen sein. Die Seele ist und bleibt stets aus ihrem Wesen verbunden mit denen, die sie über viele Leben und gemeinsame Aufgaben schon kennt.

So geh nun zurück in diese Lebensphase, spür mit mir den Magnetismus, den damals eure körperliche Liebe, verbunden mit euren Herzen, auf die Seelen eurer Kinder, die da MIT DABEI sein wollten, auslöste. Sie stürzten sich in Feuer und Wasser, und sie stürzen sich nach wie vor in ihrem heutigen Leben als junge Menschen durch Feuer und Wasser ihres eigenen Lebens. Sie kannst du wahrlich als Krieger des Herzens sehen, die sich unabhängig deines Dafürhaltens ihre eigenen Maßstäbe aus ihrem Wesen setzen. Sie gehen in einer sehr direkten Verbindung mit ihrer Seele durch das Menschenleben und tragen, wie viele Kinder im Zeitenwandel, eine besondere Aufgabe in sich.

Erlaube mir, auf etwas hinzuweisen:
Der seelisch-geistige Zustand zweier Menschen bei der Zeugung eines Kindes hat einen Einfluss auf die sich herabsenkende Seele. Menschen sollten erkennen, welche Seelen in dem Zustand angezogen werden, wenn ein Mann aus reinem Lustprinzip und in Respektlosigkeit und innerer Ablehnung einer Frau begegnet, mit ihr schläft und dabei ein Kind zeugt. Dies ist leider auch zwischen Frau und Mann häufig genug der Fall.

In der Anderswelt stehen viele Seelen in einem Zustand der Trennung, in Welten, in denen es einen sehr reduzierten und verunreinigten Formenzustand gibt. Sie haften aus Erfahrungen ihrer Erdenleben in Zwischenwelten, aus denen sie plötzlich wieder in das Erdenleben hineingezogen werden. So eine Seele wird auch im Erdenleben entsprechend dieser Zwischenwelten ihre ersten Erfahrungen machen und sich aus den Begleitumständen ihrer Niederkunft desorientiert empfinden.

Wie kostbar wäre es doch, diese Seelen bereits im Zustand der Schwangerschaft, bei und nach der Geburt zu reinigen und diesen Seelen damit zu helfen, ihren vernebelten Zustand aufzuhellen, damit sie sich besser zurechtfinden können. Seelen, die einen derart wundervollen Eintritt in das Erdenleben haben wie eure Kinder, sind lange vorher schon auf diesen besonderen Moment vorbereitet.

Ich möchte dich und viele Menschen daran erinnern, dass bei einem Orgasmus, der verbunden mit dem Feuer des Herzens steht, sich ein Feuerstrahl in den Kosmos erhebt. In einer Frau geschieht in diesem Moment ein alchemistischer Vorgang, es verbinden sich Feuer und Wasser miteinander, im Körper von Frau und Mann fühlt sich dies an wie ein sich ausbreitendes, elektrisches Energiefeld.

Die ankommenden Kriegerinnen und Krieger des Herzens werden aus dieser Heiligen Verbindung in den Prophezeiungen alter Völker als große Friedensboten für die Welt bezeichnet. Sie kommen aus dieser Feuersbrunst im Auftrag ihrer Seelengemeinschaft und sind für das Erdengeschehen ganz besonders vorbereitet. Sie stürzen sich aus ihrer hohen Dynamik und Impulsivität als Seele in diesen Feuerstrom und können schließlich, im Wasser der Geliebten, um es mit etwas Humor auszudrücken, etwas Abkühlung finden und dann in größerer Ruhe durch die Schwangerschaft floaten. Mögen diese Lebensintensitäten und viele andere mehr in das Bewusstsein der Liebenden einkehren. Darauf, GELIEBTER, werde ich später noch einmal eingehen.

Kehren wir zurück zu der Erfahrung einer Scheidung. Ich als deine Seele und die Seele deiner Begleiterin haben uns in jedem

Moment eurer Entwicklung und Veränderung – ohne dass ihr es bemerkt habt – wie kleine Kinder gefreut. Uns ist es immer darum gegangen, ein Maximum an Veränderung zu erfahren und uns dafür die entsprechenden Umstände zu schaffen. Willst du mir diese Freude nehmen, nur deshalb, weil du jetzt in eine andere Lebensphase eingetreten bist? Wenn einer von euch beiden sterben würde, könnte er den anderen aus anderen Einsichten betrachten, und es wäre eben diese alte Liebe wieder lebendig, die euch einst zueinander führte und aus unseren Impulsen wieder voneinander trennen sollte. Aus meinem Blickwinkel freue ich mich als Mittlerin zur göttlichen Liebe über jede Erfahrung, die mir die Herzensliebe ermöglicht. Die wahre Liebe kennt weder Bedingungen noch setzt sie Grenzen.

Erst kürzlich erzählte dir eine Witwe ihre traurige und doch sehr schöne und Heil bringende Geschichte. Sie verlor schon sehr früh ihren Mann durch einen Unfall. Jahre lebte sie im Schmerz und in der Einsamkeit. Sie beklagte sich über ihren Mann, der sie schon so früh in einem Zustand, in dem sie ihre Liebe so sehr genossen, verlassen hatte. Sie hatte sich so sehr Kinder mit ihm gewünscht. Viele Träume und Wünsche ihres Lebens gingen nicht in Erfüllung. So verdeckte sich ihre Seele in den Nebeln ihrer unerfüllten Wünsche und in den Erinnerungen an eine Zeit und an einen verlorenen Mann. Was war deine Antwort auf ihre Geschichte? Du konntest, während sie von ihrem Mann erzählte, seine Nähe spüren. Er flüsterte dir in dein Ohr, du mögest sie hinweisen darauf, dass er ein besonderes Geschenk für sie bereithielte, wenn sie bereit wäre, ihn loszulassen. Zuerst konntest du selbst nicht glauben, was dir die Seele dieses Mannes sagte. Sie bat inständig darum, nach so vielen Jahren, in denen sie durch die Trauer festgehalten war, nun endlich den Weg der Befreiung gehen zu dürfen. Diese Seele wollte für dieses Geschenk, das ihm seine ehemalige Frau bereiten sollte, auch etwas Besonderes geben. In dieser wundervollen Verbindung deiner Seele mit der Seele des verstorbenen Mannes gabst du dieser Frau einen Hinweis, den sie nicht hören wollte. Du sagtest, dass du in ihrer Nähe einen Mann spüren würdest, der sie erkennen, verstehen und vor allem auch lieben würde. Bestürzt wollte sie sich von dir abwenden, als du meintest, ihr ehemaliger Mann hätte nach langem Suchen diesen Mann für sie gefunden. Ihre erste Reaktion war, dass sie niemals mehr einen Mann lieben könnte, wie sie einst geliebt hatte. Ein Lächeln zog sich über dein Gesicht, als sie nach diesem Gespräch wieder ihrer Wege ging.

Nach wenigen Monaten schrieb sie dir eine Nachricht und dankte dir. Bei einer Wanderung blieb ein Mann mit einem Motorrad neben ihr stehen und fragte sie, ob er sie ein Stück des Weges mitnehmen dürfe. Die ersten Schritte für ihren neuen, befreiten Lebensweg waren getan. Sie verliebten sich, und sehr bald wurde sie von ihren Freunden angesprochen, warum sie wieder dieses besondere Strahlen in ihren Augen hätte.

Wir Seelen haben uns nach eurer Scheidung bei eurem sehr trüben Abschiedsessen amüsiert. Da wurde von Auseinandergehen gesprochen, von Alleinsein, von Befreiung, von Erinnerungen an schwere und schöne Zeiten. Ihr habt also, anstatt die Kostbarkeit eurer Veränderung in Dankbarkeit auszusprechen, die letzten Jahre eurer Partnerschaft als Maßstab eures momentanen Empfindens betrachtet. Eure neu gewonnene und schwer erarbeitete seelische

Reinigung, die gemeinsame Erlösung von leidvollen, aus früheren Leben stammenden Erfahrungen, all das konntet ihr damals nicht erkennen und wertschätzen.

Wir Seelen wundern uns, wie Paare sich in Scheidungen bereitwillig durch ihre Sprache und durch ihre Gedanken den schweren und leidvollen, hasserfüllten Energieströmen der trennenden Schattenreiche aussetzen. Sie öffnen bereitwillig Tore für Wesen, die sich dieser Energieströme bedienen und sich daran ergötzen. Den Begriff Scheidung würden wir als Seele nicht gebrauchen, weil es auf unseren Ebenen diese Trennung nicht gibt. Ein so kostbarer Moment wie der des Sich-Loslassens für einen Neubeginn wird durch diese Energieströme wie behindert. Kinder sind diesen schweren Lebensdramen oft über viele Jahre schutzlos ausgeliefert und erfahren dadurch auch Schaden an ihrer Seele. Wir beide sind stolz darauf, dass ihr diese Phase eures Beisammenseins und eures Loslassens voneinander eurem Bewusstsein gemäß mit Respekt und Dankbarkeit und auch mit vielen Zeichen der nach wie vor bestehenden Seelenliebe beenden konntet.

Ich denke, dass die Scheidungen der Zukunft besser in die Hände der geistigen, lichtvollen Kräfte gelegt werden sollten. Daraus würden Paare große Lehren ziehen. Auch wenn es zu einem Trennungsschmerz kommt, könnten sich ihre Seelen zu gleicher Zeit am Loslassen erfreuen. Außerdem würden in weiterer Folge auch heilvolle Freundschaften zwischen ehemaligen Partnern entstehen. Es ist nahe liegend, dass zwei über viele Leben sich nahe stehenden Seelen einer Seelengemeinschaft nicht die persönliche Entscheidung eines Menschen als für sie gegebenen Zustand annehmen.

Euer Auseinandergehen war für uns, eure Seelen, ein Moment der Dankbarkeit. Für euch beide war es ein schmerzvoller Abschied. Aus eurer zwischenmenschlichen Reife hätten wir freilich in vielen Momenten angenommen, ihr würdet uns etwas besser verstehen und wahrnehmen können. Ich möchte dich erneut daran erinnern, dass manches in deinem und eurer beider Lebensbuch bereits vorgezeichnet war, besonders diese schwere Phase eures Lebens. Aber so sind nun einmal die Menschen. Wenn ich nicht auch Du wäre, hätte ich dich in diesen Monaten so manches Mal verlassen. Aber welche Möglichkeit habe ich. Es hätte die Entscheidung meiner Trennung von dir deinen physischen Tod bedeutet. Du siehst also, dass es mir unmöglich wäre, mich von dir als Persönlichkeit zu lösen oder mich auch nur über dich zu beschweren. Es hätte meine Form der Trennung starke Auswirkungen für dein Leben.

Diese vermeintliche Eingrenzung meiner Freiheit als Seele in einem menschlichen Körper hat damit zu tun, dass wir beide in einer von Gott geheiligten Verbindung stehen, die niemals aus einer persönlichen Entscheidung eines Menschen aufgelöst werden könnte. Du entstehst aus mir, und ich entfalte mich aus dir, über viele Leben hier und auch in anderen Seinszuständen. Selbst in der Scheidung des Menschen von der Erde durch den Tod geschieht etwas Wundervolles. Im Plan der göttlichen Schöpfung ist es vorgesehen, dass deine wundervoll entwickelten Qualitäten, all die Erfahrungen, die wir gemeinsam über viele Jahre auf der Erde gemacht haben, als Schatz unseres gemeinsamen Lebens in das Herz der Mutter Erde gelegt werden. Dieses Herz schwingt in der Intensität der mütterlichen, allumfassenden Liebe. Dieses Wesen kennt aus diesem, in ihrem Herzensspeicher liegenden Schatz jedes ihrer Menschenkinder für alle Zeiten. Mit dieser Form der Trennung verabschiedet sie als weise Hüterin der menschlichen Erfahrungen jeden Menschen für den Weg in eine andere Welt. Bei der Geburt eines Kindes heißt sie die Seele in ihrem Reiche wieder willkommen. Der Schatz, der einst in ihrem Weisheitstempel abgelegt wurde, darf wieder aus ihrem Herzen genommen und in den weiteren Lebensschritten in ihrem Reiche erweitert werden. In ihrer Liebe zu ihren Menschenkindern sieht sie die Kostbarkeit und auch die Belastung einer sich verabschiedenden oder neu ankommenden Seele bei der Geburt eines Kindes. Als aus dem göttlichen Liebestrom GEBENDE und NÄHRENDE ist sie bereit, jedes Menschenkind in der Bedingungslosigkeit ihrer Liebe anzunehmen.

Als Seelen stehen wir verbunden mit anderen Welten und aus unserem inneren Kern mit dem Juwel aller Juwelen, dem Herzen GOTTES. So finden im menschlichen Leben immer zwei Weisheits- und Erfahrungsquellen zueinander. Den einen Teil erhalten wir aus dem Herzen GOTTES als »Himmelsschatz« für unser Erdenleben. Der andere Teil ist ein Geschenk von Mutter Erde und dient als »Erdenschatz« für unsere weitere Wanderschaft durch das Leben und für unsere Befreiung in höhere Ebenen, in die Himmelswelten.

So trägt jeder Abschied zweier Menschen den Himmels- und Erdenschatz aus den gemeinsamen Erfahrungen einer gemeinsamen Zeit in sich. Die sich voneinander trennenden Wege sollten, bei allem Schmerz des Loslassens voneinander, im Bewusstsein der Wertschätzung und Dankbarkeit für die gemeinsame

Zeit einen heilvollen Neubeginn ermöglichen. Die Seelen müssen sich nun auf ganz andere Quellen ihrer Erfahrungen einstellen. Auch sie befreien sich erst nach und nach von diesem Zustand gemeinsamer Erfahrungen. Menschen erleben diesen Zustand oft als Panik und Einsamkeit, als Seelenschmerz, in Existenzangst, in Aggressionen und Schuldzuweisungen. Vieles, was neu geordnet sein möchte, zieht sich in diesem kleinen Tod in die Erinnerung zurück, bevor für neue Erfahrungen wieder Raum gegeben werden kann. Dies bedeutet allerdings nicht, dass die beiden auf höheren Ebenen nicht weiter als Seelenpartner existieren könnten. Sich voneinander als Seele zu lösen, nur weil wieder ein anderer Partner im Leben steht, wäre seelisch gesprochen sehr kurzsichtig und auch aus einem höheren Plan, den wir als Seelen verbunden sind, nicht möglich.

Nachdem Trennungen oft mit sehr schmerzvollen Erinnerungen des Verlassenwerdens, des nicht mehr gut genug seins und vieler anderer Nöte verbunden sind, wäre es umso wichtiger, die Zusammenhänge aus meinem Blickwinkel als Seele zu erkennen und anzunehmen. Viele Menschen stehen als starke Persönlichkeit mit einer starken materiellen Bindung und Ausrichtung, aber auch mit materiellen Absichten und Wünschen im Leben. Ihre Seelen haben kaum die Möglichkeit, sich mit ihnen gemeinsam zu entfalten, sich abseits der materiellen Bedürfnisse auszudrücken und in das Leben einzubringen. Dies zeigt sich im Menschsein auch als Egoismus, es ist ein Zustand der fehlenden Verbindung zwischen dem Menschen und seiner Seele. Es ist anzunehmen, dass die Liebe in solchen Menschen auf sehr materielle Ziele ausgerichtet war und bleibt. Auch der Magnetismus des Körperlichen, die rein sexuelle Lust, die einseitige Bindung an das Äußerliche eines Menschen sind Ausdruck dieses Zustandes. So gelten in der Trennung zweier Menschen, die meist beidseitig aus diesem materiellen Blickwinkel zusammen kamen, auch die Gesetze der Materie. Vieles zerfällt im Menschsein, wenn es nicht auf die wahre Quelle und den Ursprung des Göttlichen ausgerichtet ist. Es wäre gut, solche Ehen, Partnerschaften und Beziehungen besser als Interessensgemeinschaften einzuordnen, die meist verbunden sind mit einer sehr niederen, materiellen Schwingung von Liebe. Diese Verbindung zweier Menschen dient stärker der Arterhaltung, der Erhaltung der geschaffenen Güter, des sozialen Status und der gemeinsamen Bereitschaft, die materiellen Güter in dieser Interessensgemeinschaft weiter zu vermehren. Dies zeigt sich meist auch in der Form, wie Menschen sich sehen, wie sie ihr Leben gestalten, welchen Neigungen sie nachgehen und wie sie in Krisen miteinander umgehen.

Nun, Lieber, ihr beide konntet in unserem Dienste und wir in eurem Dienste das Leben aus tieferen Quellen von Neuem beginnen. Es gibt allen Grund, euer Loslassen voneinander nicht nur als Neubeginn in euer beider Leben zu sehen. Es war für euch beide die Zeit gekommen, zur weiteren Erlösung und Heilung eurer Seelen nun aus neu sich öffnenden Lebensquellen in die feinere Entfaltung eures Seelenauftrags zu gehen.

Wir beide feiern mit euch ein Fest der Dankbarkeit. Selbst eure Kinder erkennen, dass sich aus neuen Lebenszusammenhängen wieder neue Aufgaben für jeden von euch stellen. Dafür ist jeder von euch in die innere Bereitschaft gegangen, sich für einen anderen Menschen aus dem Herzen zu öffnen und dabei die Aufgabe, die uns als Geheimnis und Mysterium des eigenen Lebensauftrags gegeben ist, weiter wahr zu nehmen und zu entfalten.

Erinnere dich, dass es die Göttin war, die euch zueinander geführt hat. Sie ist es auch, die euch auf einen neuen Lebensweg führte. So wie ihr beide in euren Jugendjahren diese Göttin um einen schönen und Heil bringenden Partner gebeten habt, so wurde in einem gemeinsamen Ritual auch von IHR die Erlaubnis gegeben, euch für einen neuen Weg frei zu geben. Du siehst, es ist alles aufeinander abgestimmt, alles steht unter einer geistigen Begleitung und Führung, alles ist so gekommen, wie es aus UNS SEELEN kommen sollte. Deine langjährige Begleiterin wird aus vielen gemeinsam gemachten Lebenserfahrungen meist in freudvollen Erinnerungen präsent in deinem Leben sein, als Mutter deiner Kinder, als Begleiterin deiner Seele, als Weise und als Botschafterin der Göttin.

Die Vielfalt, Erhabenheit und die Kostbarkeit eures Lebensschatzes hat sich in der gemeinsamen Wegbereitung für die Göttliche Liebe erfüllt. So seid gesegnet und geliebt, freut euch auf Wunder, die gegeben werden, auf die Geschenke, die jeder von euch erhalten wird. Euer Leben wird sich im Wandel aus der Liebe Quellen in Freude und Fülle weiter entfalten.

Frau – Ich Bin – Mann

GELIEBTER, du hast bereits vieles von dem verstanden, was ich dir auf deinem Lebenswandel mitteilen möchte. Die Zweifel, die dich dann und wann überkommen, die Entscheidungen deines Lebens richtig getroffen zu haben, sie sind ein kostbarer Teil deines Lebens. Aus dieser Kraft kannst du dich in vielem selbst prüfen und deine Empfindungen, deine Gedanken, deine Vernunft, deinen Blickwinkel der Ereignisse aus dem Wesen des Zweifels hinterfragen. Aber achte darauf, dass diese mächtige Kraft nicht das zu zerstören beginnt, was dein Herz und ich als deine SEELE aus gemeinsamem Bemühen um das Erkennen deiner Wahrheit und deines Weges errichtet haben.

Gehen wir den Weg nun weiter, zu den Quellen der zwischenmenschlichen Liebe. Erkunde mit mir deine Liebe und die Liebe derer, die dich umgeben. Welch größeres Geschenk könnte es für die Frau, für den Mann geben, als mich, die SEELE, über einen geliebten Menschen, über seine bewegliche und freie Seele und über sein Menschsein in den Freuden des Alltags und den Zärtlichkeiten und Heilströmen der Intimität in Erfahrung zu bringen!

Diese Zeilen sind nach so vielen Worten der Zusammenhänge unseres gemeinsamen Wirkens eine Ode der Liebe an das Menschsein. Empfinde das Leben und alle damit verbundenen Erfahrungen als Geschenk GOTTES. Die geistigen Begleiter der Liebenden tun alles, um in der kurzen Zeitspanne eines menschlichen Lebens das geschehen zu lassen, was der Entfaltung der Seele und dem Glück des Menschseins dient. Freilich sollte dabei auch der Mensch selbst ein offenes Gefäß für die Fülle und Vielfalt der Lebensqualitäten darstellen. Wir haben gemeinsam viele Jahre daran gearbeitet, all die festgefahrenen, beengenden Glaubenssätze loszulassen und die Gefühle der Schuldbehaftung und Selbsterniedrigung zu befreien.

Als Dank für deine intensive Arbeit kann ich mich dir nun für die Erfahrungen der Freude, des Glücks und des Schönen als deine SEELE hingeben. Ich öffne mich dir aus den kostbarsten Momenten und Qualitäten des Lebens. Ich sehne mich danach, in der liebenden Begegnung mit einem anderen Menschen, mit einer anderen Seele, eins zu werden. Teilen wir nun die Geheimnisse unserer Liebe aus dem Herzen der Frau und aus dem Mysterium des Mannseins miteinander.

Ich gebe meine Stimme nun IHR, die dich in ihrem Herzen trägt. Ich öffne mich für die heilsamen Klänge ihrer Worte und lasse den Strom ihrer Gefühle als heilende Essenz der menschlichen Liebe durch meine Welten fließen.

Sprich mir von ihrer Liebe, und ich lasse sie in mir erscheinen. In Licht und Schatten zeigt sie sich, als Göttin der Höhen und in den Schwingungen der Tiefen, als Liebende und Dienerin GOTTES und als Bewegende aus den Tiefen der Schattenwelten, als Offenbarende des Lebens und als Dienerin des Sterbens.

Sprich mir von dem liebenden Kind, mit dem wir gemeinsam an den sich öffnenden Quellen des Lebens spielen. Es zeigt seinen Geist und sein Wesen über den Wolken des Himmels und aus den blühenden Gärten der neuen Erde.

Sprich von den Freuden des Lebens, und wir finden sie gemeinsam an den Ufern des Lebensflusses. Aus den wogenden Wellen trinkend, erkennen wir im Spiegel des Wassers die Bewegungen des Windes. In Leichtigkeit und Gelassenheit trägt er Freude und Dankbarkeit über die sich aus den Schweren des Lebens erhebenden Gedanken.

Sprich von der Ekstase der Sexualität, und ich werde meine Flügel ausbreiten und Fruchtbarkeit, Freude und die Bewegungen des Geistes aus den Höhen des Lichtes, im Feuer der Sonne und aus den heiligen Wassern des Lebens schöpfen.

Sprich von den stillen Tagen des Alters, und ich werde Weisheit aus dir fließen lassen, der du das Leben in Erkenntnis und Dankbarkeit in Erfahrung bringst.

Ich, deine liebende SEELE, begleite dich auf dem Weg zu den Herzen der Menschen, denn du hast mich in den vielen Gesichtern der Neuwerdung und der Auferstehung erkannt und meine Aufgabe als Mittlerin zum Tode und der Zerstörung aller Unwahrheit angenommen.

Ich Bin – Frau

Geliebter, dein Herz ist in mir ein reiner Quell der Freude und Wärme. Es füllt, gibt und ergießt sich aus einem unendlichen, göttlichen Strom. So sei dir gewiss, ich liebe dich, ich liebe deine Seele, und ich liebe es, von dir zu hören. Es stärkt mich auf geistiger Ebene, und es nährt mich als Frau in meinen Welten und Mysterien. Aus dem Weisheitsschatz der Göttin ist mir vieles für dich übergeben. An deiner Seite kann ich meinen ganz eigenen, individuellen Weg erkennen und in deiner Begleitung und aus deinem Schutze beschreiten. Ich danke dir, Geliebter, für die unzähligen Gedanken deines Verständnisses und Vertrauens. Sie sind mir Zuversicht, Trost und Freude in Zeiten, in denen ich mich von meiner eigenen Seele entfernt fühle. Wundersame Formen fügen sich zwischen uns beiden zu einem harmonischen Ganzen, unserer unberührbaren und einzigartigen Liebe. In Schönheit, Freude und Harmonie erstrahlen unsere Seelen, wenn wir uns begegnen und wenn ich dein Wesen in mir aufnehme. Täglich spüre ich die Präsenz deiner Seele in der Herzensweite unserer Liebe. Im Spiel des Lebens bereichern mich deine Entscheidungen, deine Haltungen und Einsichten. Sie führen mich oft sehr direkt aus dem Mysterium meines Frauseins und versetzen mich in einen Zustand der Wachsamkeit. Allein im Vertrauen lege ich meine Besorgnisse, meine Zweifel und mein aufgebrachtes Herz in deine Hände. Die Liebe zwischen uns bewegt mich gleich einem Wildbach, den ich oft selbst nicht mehr zu kontrollieren vermag. Sie führt uns über alle menschlichen Zweifel und Nöte in einen Zustand des Sehnens, aus dem ich mich berührt und getragen fühle. Auf unserer weiteren Wanderschaft werde ich dich so lange begleiten und ehren, so lange uns dieser gemeinsame Weg aus dem Willen GOTTES und seiner Mittler gegeben ist. Mögen es Jahre sein! Ist es nur noch eine kleine Zeitspanne, so möge es denn in SEINEM NAMEN so sein. Alles wird geschehen im bedingungslosen Annehmen unseres inneren, göttlichen Auftrags, den wir im Dienst an IHM für unbestimmte Zeiten und Räume angenommen haben.

Ich liebe dich, die ICH BIN, in Hingabe an dich und diese wundervollen, aber oft auch für mich sehr anstrengenden Lebensbewegungen. Gemeinsam haben wir viele schöne Stunden erlebt und auch weniger schöne Zeiten erfahren. Mit all unserer Kraft haben wir den Turbulenzen und orkanartigen Stürmen unseres alltäglichen Lebens standgehalten. Dennoch wurden auch wir aus den Engen eigener Vorstellungen und Wünsche gerissen und haben uns gleichzeitig wieder in die Bedingungen unserer eigenen Liebe verstrickt. Leichtigkeit und kindliche Freude zerronnen zwischen unseren Herzen und entfachten ein Sehnen nach dem Zustand, den ich mit dir kenne, den ich zeitlebens in der Erinnerung meines Herzens halten möchte. Ich sehne mich dorthin zurück, wo wir in Schönheit, Freude und Fülle, in der schöpferischen Freiheit und in der Beweglichkeit unserer Liebe empfinden und unseren Geist erheben konnten. In dieser Einzigartigkeit liebe ich dich, und in dieser besonderen Kraft lieben wir uns. Mehr und mehr möchte ich ALL-ES mit einbeziehen und dich in göttlicher Liebe so annehmen, wie du bist. Ich bin bereit, dich als SEINEN Geliebten anzunehmen und in dieser Hingabe auch selbst zu SEINER GELIEBTEN zu werden. So sollst du niemals der sein, den ich mir wünsche oder vorstelle, denn DU BIST DU. Ich stelle mir oft die

Frage, ob es im Großen Schöpfergeist einen Unterschied, eine Bewertung oder Verurteilung für das gibt, wer wir sind und was wir ausdrücken. Gibt es eine Bewertung von höher oder niedriger, besser oder schlechter, richtig oder falsch? Es gibt einen Ausspruch von Jesus, den ich in unser beider Herz legen möchte:

> WENN DU HERVORBRINGST, WAS IN DIR IST,
> WIRD DAS, WAS DU HERVORBRINGST,
> DICH RETTEN.
>
> WENN DU NICHT HERVORBRINGST, WAS IN DIR IST,
> WIRD DAS, WAS DU NICHT HERVORBRINGST,
> DICH ZERSTÖREN.

Du kennst mich als individuelle Kriegerin für meine Freiheit und meinen Weg. Du weißt aber auch, dass ich liebend, sanftmütig und demütig sein kann. So diene ich GOTT als mächtige Kriegerin, Herrscherin, Königin – und gleichermaßen als arme Bettlerin, als Verlorene, Schwache, Verblendete ... wandelnd im Licht und in der Finsternis.

Ich spüre IHN als einen aus der Vielfältigkeit allen Lebens schöpfenden GOTT, der uns aus einer Fülle von Aufgaben schöpfen lässt. So sind wir beide Teil als Frau und Mann in dieser Vielfalt herausgefordert, uns den vielen Aufgaben auch in einem Miteinander zu stellen. In diesem Geschehen fließt meine Liebe zu dir, GELIEBTER. In dieser Einzigartigkeit als Frau und Geliebte fließt aus meiner Liebe der unendliche Strom der liebenden GÖTTIN, in Heilung und Vergebung, in Glück, Freude und Dankbarkeit, in Mitgefühl und Hingabe. Ihre unendliche Liebe strömt jetzt, wo mein Herz dich umarmt, aus meinem Wesen zu dir. In Ihr schöpfen wir beide als Liebende und Geliebter. Ich gebe mich Ihr aus dem Geist des Wandels und der Neuformung hin. So schöpfe und gebe ich mich aus Ihr meiner Liebe zu dir hin.

Dein Sein und Wirken belebt in Mir
das Wasser des Lebens und
das Feuer des Herzens.
Gesegneter und Bote Gottes,
strahlendes Licht der Sonne,
es brenne in Dir das Feuer Meines Herzens.

In der Hingabe der Göttin und im Herzen Gottes
sind Wir in Einheit miteinander.

Ich Bin – Mann

Geliebte ! Unsere Herzen sind Eins in Freude, Schönheit und Fülle. So lasse ich wie du geschehen, was geschehen mag, geführt von Denen, die uns durch das Leben leiten. Mögen sich die Wege zu einem friedvollen und heilvollen Ganzen zusammenfügen oder voneinander trennen. Die du mich liebst, wandelst, forderst, die du mich glücklich und dann wieder traurig machst, die du mich rüttelst und besänftigst, ich erkenne über dich die Schatten meiner

Seele und erfahre in diesen Bewegungen die wahre Botschaft meines stets nach Wahrheit und Freiheit drängenden Herzens. Ich spüre, dass du mich in den wahren Tiefen und Höhen meines SEINS erkennst, begleitest und zur Quelle aller Liebe führst. Du bist Balsam für mein Herz, für meinen Geist und für meinen Körper. Zugleich fordert uns das Leben in seinen vielen Facetten. So lerne ich, die göttliche Liebe als wahren Quell, als die wahre Absicht meines Lebens anzunehmen und in meinem Herzen als unberührbaren Schatz zu hüten. Niemand, auch nicht du, geliebtes Wesen, könnte diesen Platz betreten, der alleine IHM, dem ich mein Leben gewidmet habe, vorbehalten ist.

Aus der Vielfalt unserer Lebensbewegungen wachse ich in der Kraft meiner Männlichkeit, die ich dir als Geschenk an dein Frausein anbieten möchte. In den besonderen Momenten der Hingabe an das Leben finden wir im Verschmelzen unserer Seelen zu einem gemeinsamen Ganzen, zu unserem WAHREN SELBST. Erschaffen aus der Liebe und dem sich aus der Seele befreienden Licht, senkt sich der göttliche Geist in all Seiner Vielfalt, in Seiner pulsierenden Bewegung, in der Durchlichtung der Welten und in der Feuerskraft der Ekstase in unser Leben. Dieser wärmende Fluss göttlicher Liebe strömt in der Hingabe durch unsere Körper und füllt in den klaren Lüften unseren Geist. Er berührt in feinsten Strahlen und Bewegungen unsere Gedanken und Gefühle und führt uns beide dahin, wo unsere Herzen in Freiheit und Bedingungslosigkeit miteinander schwingen. Aus diesem gemeinsam erfahrenen Zustand des Glücks und der Herzensfreude formt sich das Abbild GOTTES im Wesen des vollkommenen, unschuldigen und rein geborenen Kindes.

Dieses Kind Gottes offenbart die Kraft und Klarheit Seines Geistes und das Feuer Seines Herzens. Im Mitgefühl und aus der Kraft der Barmherzigkeit, aus der Weisheit und Kraft der liebenden Göttin erfüllt es den alle Dunkelheit durchdringenden und sich entfaltenden Frieden auf Erden. Dieses Wesen erschufen Liebender und Geliebte einst miteinander aus Seinem Herzen. Den Spuren dieses Wesens möchte ich folgen.

Deine Bereitschaft für eine höhere und weitere Form des Erkennens und Hingebens ist für mich, der ich die wahre göttliche Liebe suche, die Wahrheit und das Leben. Diese Form der Liebe verdrängt alle Seelenschatten und die Schatten dieser Erde. Sie befreit unseren inneren Kern von allen Unreinheiten und lenkt unsere Gefühle zu nicht mehr brauchbaren Erfahrungen, zu veralteten Programmen und Verhaltensmustern, unter denen auch wir selbst leiden. Diese Liebe bringt aus mir, der ich dich liebe, an die Oberfläche, was nicht mehr unserem Wesen entspricht. Wie einfach wäre vieles, wenn wir die größeren Zusammenhänge unseres Suchens, unseres Sehnens nach der wahren Liebe und Geborgenheit auch als sich wandelnde Wahrheit erkennen könnten.

So erlebe ich in Tiefen und Höhen die Kraft der klärenden und heilenden Alchemie meines Herzens als ein sich schmerzhaftes Erheben aus den Wassern, ein sich stetes Aufbäumen und Niederbrechen von Gefühlen und Emotionen. Ich falle in die Tiefen des Feuers und erhebe mich aus der Asche des Verbrannten in das gebende, alles erneuernde kosmische Licht eines befreienden Aufstiegs.

Aus der Reinheit und Beweglichkeit unseres Bemühens um die Wahrheit steigen wir gemeinsam im Suchen nach SEINER Liebe aus dem Feuer des Herzens neu empor. Mein Fühlen, mein Denken und Tun verwandelt sich täglich, und mein Mannsein heiligt sich aus der Begegnung mit deinem weiblichen Herzen. So kann ich über die Berührung deines Herzens dieses Wesen, das ICH BIN, durch die Bewegung des Feuers und des Geistes und durch die Ströme des Wassers in das Licht GOTTES erheben! Diesen Schatz meiner Männlichkeit möchte ich dir für unsere gemeinsame Liebe und Hingabe bereitwillig als mein größtes Geheimnis in Dankbarkeit öffnen.

Geliebte, ich suche diesen Weg der Wahrheit und spüre
deinen Kampf, mich dabei zu begleiten.

Es mögen sich dein Mut und dein Vertrauen für die
gemeinsame Wanderschaft stärken.

Möge die Sprache unserer Herzen diesen Weg der sich
befreienden Liebe erkennbar zeigen.

In aller Achtsamkeit füreinander mögen die Bewegungen
unserer Seelen immer wieder in der Erfahrung des alles
befreienden Herzensfeuers verschmelzen.

Ich erkenne in dieser Wahrheit und in dieser mit dir
erfahrenen Liebe,
wer ich in Wirklichkeit bin: die geburtslose, keinem Tode
unterworfene, allwissende, unvergängliche Seele.

Tag und Nacht bin ich vereint mit Ihr, bis diese Wahrheit ein lebendiger Bestandteil meines Menschseins und meines Lebens geworden ist.

Das reinigende und klärende Licht meines Geistes und die Wärme meines Herzens mögen unseren wahren Weg erkennbar machen.

Geliebte,
sei von Gottes Herz umhüllt, denn Seine Liebe hebt uns in Sein Herz. Danke, dass du mit mir bist.
An dich mich drückend, dein Herz in meinem schlagend, schweben wir durch unsere Hingabe zu Ihm.
Möge dein Weg gesegnet sein aus der Liebe, die alles umfasst.
Aus dem Feuer meines Herzens umarme ich dich.
Göttliche Botin des Lichts und der Liebe, ich küsse die Kostbarkeiten deines inneren Feuers und Wassers.
Ich heilige und ehre sie aus der Kraft und Weisheit meines Mannseins.
Gesegnete, es ströme über dich das Licht des Geistes und das Wasser des Lebens.

In Liebe und Dankbarkeit ehre ich im Mannsein das Göttliche Licht in deinem Herzen.

Im Tanz des Lebens

So vertraue, mein Geliebter, meiner inneren Führung und meiner Weisheit, die uns in einen immerwährenden Wandel stets lebendig hält. In uns lebt der Weltengeist, dessen innerer Ruf das Einzige ist, auf das wir hören und dem wir gehorchen sollten. Du bist eingetreten in einen neuen Lebenstanz der Freude, Lebendigkeit und Beweglichkeit. Wir tanzen uns durch das von Göttinnen bewahrte Weibliche und das von großen Kriegern beschützte Reich des Männlichen. Gemeinsam befreien wir uns von den Wunden alter Kämpfe und erlösen die Prägungen schmerzvoller Erfahrungen. Jeder Mann, der mit seiner Seele verbunden steht, wird im Geiste des Weiblichen aufgenommen und Segnung und Heilung aus ihrem Mysterium erfahren. Die mächtigen Krieger verneigen sich in Respekt und mit offenem Herzen vor der Frau, die den Mut und das Vertrauen hat, sich seinem Reiche zu nähern. Aus ihrem wahrhaftigen Herzen und in Respekt zum Männlichen findet sie dort Einlass. Keine Erfahrung und kein Wächter könnten stärker sein als der Moment, in dem sich die Seelen annehmen, erkennen und für den gemeinsamen Tanz vorbereiten. Schon in den ersten Tanzschritten verlieren sich alte, schmerzhafte Verletzungen im Vertrauen der von den Klängen der Musik getragenen Bewegungen. Wie vertrocknete und abgestorbene Äste eines erwachenden und blühenden Baumes verlieren sich Erinnerungen an Missbrauch, Macht und Magie. In den Klängen der in den kosmischen Schwingungen der Liebe badenden Seelen lösen sich Absicht und Ziel. Lust und Gier heben sich in ihre Herzen, die sich in Feuer und Wasser verbinden. Die Narben alter Herzenswunden fallen wie welke Blätter von den Bäumen. Ein Lächeln ihrer Seele erweckt das Vertrauen seiner Seele, die sich als Bote des Reiches der Männlichkeit angenommen hat. Ihre Seele öffnet das Tor zur Göttin, aus deren Herz sich das Wasser des Lebens wie ein Heilungsstrom über ihn ergießt. In diesem Freudentaumel baden sie in den Essenzen des Lebens und geben sich für die Erfahrung der körperlichen Liebe frei. Engelskräfte und Lichtboten, Begleiter und Wächter der Hierarchien GOTTES begleiten sie. In ihrer Hingabe aneinander wachsen die Kinder des Lichtes und des Friedens. In der Verbindung von Feuer und Wasser entstehen Wesen aus der Kraft des Herzens der Erde und aus dem Feuer der göttlichen Liebe. Diese Kinder der Liebe und des Lichtes erschaffen auf ihrer eigenen Lebensreise Wesen und Welten der Liebe. Aus SEINER Liebe erschaffen, führen sie uns in andere Dimensionen und erbauen als Boten des Wandels die Neue Welt.

Nach diesem Tanz, GELIEBTER, sehnen sich alle Frauen und Männer. Ihre Seelen drängen sie dazu, die Begrenzungen der Zeiten und schmerzhaften Erfahrungen zu überwinden. Sie lösen sich aus den Glaubensbildern, Vorstellungen und Anschauungen der Religionen und Kulturen. Aus ihrem Zugang zu ihrer Seele und der wahren Liebe hinterfragen sie gesellschaftliche Notwendigkeiten und Normen. Schmerzgebundene Erinnerungen und verurteilende Worte verlieren sich zusehends aus dem Munde der unzähligen, von der menschlichen Liebe verletzten Frauen und

Männer. Frauen beginnen zu erkennen, dass die schlechte Nachrede auf einen Mann das Tor zum Mysterium des Mannes verschließt. So begegnen sie stets Männern, die selbst vor den Toren ihrer eigenen Kraft und Würde stehen und sie finden Frauen, die, wie sie selbst, keinen Zugang mehr zum Mysterium ihres eigenen Wesens haben. Männer, die die Frau als Objekt der Lust und Gier betrachten, verlieren sich in den Frauen, die das Reich der Göttin und Hüterin ihres Wesens und den Quell der weiblichen Weisheit verlassen mussten. So finden die Menschen auf ihrer Lebenswanderschaft immer ihresgleichen.

Prophezeiungen sprechen von diesem im Zeitenwandel stattfindenden Prozess und der Befreiung beider Geschlechter für ein heilvolles Miteinander. Die Menschen empfinden diese Befreiung vorerst als sehr schmerzvoll, weil die alten, über viele Jahrtausende bestehenden Strukturen in ihnen wirken. Wir Seelen wissen, dass die Qualitäten des Geistes und der göttlichen Liebe am besten unter schwierigen zwischenmenschlichen Umständen erkannt und integriert werden. Die schwer verständliche Aussage Jesu *»Liebet eure Feinde«* ist auch ein Hinweis auf die große Herausforderung im Menschsein, die göttliche Liebe in jedem Menschen zu erkennen und die Fähigkeit zu lernen, diese Liebe auch unter schwierigen Bedingungen auszudrücken und zu befreien. Liebende und Geliebte, die sich auf die Suche nach der im Herzen befreiten göttlichen Liebe begeben, erfahren sehr unmittelbar die menschlichen Begrenzungen. Sie werden konfrontiert mit Verurteilung, Ablehnung, Hass, Eifersucht, Macht, Magie und Kontrolle. Im Besitzdenken und im Alleinanspruch an einen Menschen erleben sie oft die Grenzen einer Liebe, die in Schwüren, Versprechungen und Ritualen in das Gefängnis der zwischenmenschlichen Bindungen und Gemeinschaften gesperrt wurde.

In unserem gemeinsamen Bemühen, GELIEBTER, gehen wir den Weg der Befreiung der Liebe. Wir führen sie aus deinem bisherigen Leben und lösen sie aus den selbst geschaffenen Begrenzungen. Wir zerbrechen mit ihr die Starre der Haltungen, in der sie von vielen Menschen festgehalten wird.

Die Heiler des Herzens, die diese Form der Liebe vermitteln, werden immer zahlreicher. Sie bereiten mit Mut und Vertrauen aus ihrer Herzensführung den Strom der göttlichen Liebe im Gefäß des menschlichen Herzens vor. Erkenne sie an der Bereitschaft, in dieser großen Aufgabe ihre eigenen, persönliche Wünsche und Absichten zurückstellen zu können. Sie sind nicht von der Lust am anderen Geschlecht geleitet, und dennoch berühren und entfachen sie aus ihrem eigenen Wesen das Feuer und das Wasser der Menschen. Die besonderen Boten der sich im Zeitenwandel befreienden Liebe sind bereit, andere an den beengten Zustand ihres Herzens und an ihre eingesperrte Seele zu erinnern. Herzensberührungen können aus einem Impuls der göttlichen Liebeskraft in wenigen Sekunden einen Menschen verändern. Diese Liebe sehnt sich wie der dürstende Wanderer in der Wüste nach der Oase eines neuen Verständnisses. Es beginnt der wohl schwierigste aller Wege, der Weg der Erkenntnis auf dem Grade zwischen der Befreiung der menschlichen und dem Segen der göttlichen Liebe.

Früher zentrierten sich viele Wahrheitssuchende, in der Entsagung und aus dem Rückzug vom anderen Geschlecht, auf die göttliche Nähe. Heute möchten wir Seelen die menschliche Liebe aus der Verbindung von Frau und Mann, aber auch aus gleichgeschlechtlichen Partnerschaften in die göttliche Liebe heben. Jede Form der Liebe zwischen Menschen ist gleichwertig, weil die Liebe keine Grenzen des Weiblichen oder Männlichen kennt. Jeder einzelne, sich aus Abhängigkeit und Verhaftungen befreiende Mensch löst durch seine Haltung und durch sein Bemühen einen kosmischen Kraftstrom für die Befreiung der noch unbewussten und im Besitzdenken verhafteten Menschen und Seelen aus.

Geliebter, stellst du mir die Frage nach den unzähligen Ehen und Familien, die im Schutze der menschlichen Liebe Basis und Beständigkeit für ihre Kinder und für sich selbst geben. Auch hier möchte ich als Seele nicht bewerten. Bleibt ein Paar Zeitlebens beisammen und unterstützt sich in Liebe, Hingabe, in Respekt, verbunden mit sich ergebenden Gewohnheiten und Lebensabläufen, so ist dies von großer Kostbarkeit und Teil einer Wahrheit. Dieses gemeinsame Wachstum schafft das Bild der heilen Familie, aus der Kinder und Enkelkinder in Geborgenheit und zugleich in einem friedvollen und heilen Umfeld wachsen können. Du, Geliebter, hattest den Segen, in einer stabilen Familiengemeinschaft diese Form von Rückhalt, Schutz und Nestwärme zu erfahren. Mit viel Dankbarkeit blickst du auf die Hingabe deiner Mutter an ihre zehn Kinder und an die Ehe deiner Eltern, die dir eine starke Basis gegeben hat. Diesen Tanz des beidseitigen Vertrauens deiner Eltern suchtest du als Seele für dein Wachstum. Du hast die Erfahrung gemacht, dass diese Liebe getragen war von einer tiefen, seelischen Verbindung deiner Eltern zueinander. Beide waren bereit, für die Familie auf ihre persönlichen Lebenswünsche zu verzichten.

Darf ich dich dennoch erinnern an ein Hobby deines Vaters. Er liebte Fotoapparate, bewunderte eine damals anerkannte Optik der Firma Schneider, Schneideroptik, deren Qualität aus seiner Erfahrung als Fotograf unvergleichbar war. Auch er wusste, dass er in seinem Leben neben den Kindern, in aller Enge der finanziellen Bedingungen, auch seine Vorlieben leben musste. Große Diskussionen gab es, wenn plötzlich wieder eine Kamera auftauchte, obwohl Kinder neue Kleidung gebraucht hätten und manches am Haus zu richten gewesen wäre. Es war der Ausgleich, den er für sich brauchte und den er sich auch mit den Folgewirkungen der Konflikte in seiner Partnerschaft nicht nehmen ließ. Deine Mutter nahm sich in den Turbulenzen des Alltags eine halbe Stunde, in aller Ruhe ihren Kaffee zu trinken. Diese Zeit konnte von nichts und niemandem gestört werden.

Sie zeigten also auf ihre Weise in Klarheit, dass sie bereit waren, Momente des Lebens vor die Verpflichtungen des Alltags zu stellen. So lebten sie ihre Ehe in großem Respekt zueinander. Niemals wäre wohl im Raum gestanden, persönliche Bedürfnisse außerhalb ihrer Partnerschaft zu suchen. Dein Vater zeigte in zunehmendem Alter seine Einsamkeit und spürte, dass er viele Kostbarkeiten, die er in seiner Seele trug, nicht mehr mit seiner Frau und seinem Umfeld hatte teilen können. Sein Sehnen nach Verständnis und nach dem Weiblichen war sehr groß. Er sprach immer öfter von seiner Mutter, die er mit wenigen Jahren verlor und die von seinen Angehörigen als weise, schöne und sehr würdevolle junge Frau beschrieben wurde. Vieles begann er vor seiner Frau und den Kindern zu verbergen. Er ging durch Lesen, Musik und in der Stille der Meditation auf Reisen in Welten, die ihm in seinem bisherigen Leben verwehrt waren. Täglich saß er Stunden komponierend und schreibend an seinem Schreibtisch. Er veröffentlichte Bücher, von denen niemand in der Familie wusste. Kein Kind durfte mehr tagsüber das Wohnzimmer betreten, weil er nicht mehr gestört sein wollte. Er entschloss sich eines Tages zu sterben und teilte dies der Familie am Weihnachtsabend mit. Wenige Monate später starb er friedlich an einem Herzversagen.

Dies, GELIEBTER, ist die äußere Geschichte deines Vaters, der in dir lebt. Seine Seele geht über dich den Weg der weiteren Befreiung einer Liebe, die er in sich trug und in seinem Leben nicht mehr auszudrücken vermochte. Es war die Kraft der göttlichen Liebe, die er in seinen täglichen Gebeten nährte und die er in seiner Arbeit als Pädagoge über Jahrzehnte Tausenden Kindern vermitteln konnte. Als es ihm nicht mehr möglich war, diese Liebe in sein Umfeld fließen zu lassen, begann dieselbe Liebe, ihn einzusperren und auszugrenzen. Er konnte diese Kraft nicht mehr in ihrer Beweglichkeit und Vitalität ausdrücken. Sie tanzte nicht mehr mit den Seelen der Kinder, und sie vereinsamte im Kreise seiner Großfamilie. Er sah wohl keine Möglichkeit mehr, diesen Zustand zu verändern. So gab er dir nicht nur als Vater, sondern auch als geistiger Begleiter die große Fülle seines Herzensschatzes und den Auftrag, mit dieser Liebe in das Leben und die vielen Herausforderungen einer neuen Zeit weiter zu tanzen.

Die wohl schmerzhafteste Erfahrung für eine Seele ist es, wenn sich Menschen in einer unglücklichen Partnerschaft ihrem Schicksal ergeben. Frauen und Männer haben Angst davor, sich für einen neuen Lebensweg frei zu geben und in einen neuen Lebensabschnitt einzutreten. So setzen sich viele Menschen lieber einem Energiefeld des Jahre währenden Konflikts und der Entwürdigungen aus, als ihr weiteres Leben wieder selbst in die Hand zu nehmen und es in Vertrauen auf ihre innere Führung neu zu gestalten. Viele Seelen könnten ein Lied davon singen, was es bedeutet, in einem entwürdigten, menschlichen Zustand existieren zu müssen. Es gleicht dieser seelische Zustand einem Gefängnis, in dem es keine Freude, kein Glück, keine Beweglichkeit mehr gibt. Krankheiten und Nöte des Menschen gehen von der Seele aus. Leidet diese, reagiert das gesamte, menschliche Energiesystem. Im Äußeren kann man einen unglücklichen Menschen sehr schnell von einem Glücklichen unterscheiden. Im Inneren zeigt sich das noch viel stärker. Eine eingesperrte und beengte Seele zerbricht und entscheidet sich manchmal sogar, aus dem Leben zu gehen. In dieser schwersten aller Nöte sieht selbst die Seele unter den gegebenen Umständen keinen Ausweg mehr für eine Befreiung und für einen Wandel.

In den Anderswelten warten diese Seelen dann auf eine neue Inkarnation. Sie finden sich zwar mit den gleichen Lebensthemen wieder im Erdenleben ein, erhalten aber vielleicht bessere Bedingungen, aus denen sie sich wieder leichter bewegen und von Altlasten befreien können. Du siehst, auch hier werten wir als Seelen nicht und geben unsere Hilfe, wenn ein Mensch in einer ausweglosen Lage aus dem Leben gehen möchte. Warum spreche ich ständig von meinen Behinderungen in den Schattenwelten? Warum mache ich in Liebesbeziehungen, Ehen und Partnerschaften aufmerksam auf meine verlorenen, abgetrennten Anteile?

Geliebter, wie könnte ich in die Leichtigkeit des Tanzes finden, wenn die Schwere dieser Anteile auf mir lastet. So beobachte bei nächster Gelegenheit den Tanz eines Hochzeitspaares und verbinde dich mit meinen Seelenfreunden, die in den beiden Verliebten wohnen. Da du gewohnt bist, mit mir gemeinsam die Ebenen von Raum und Zeit zu verlassen, wird es dir ein Leichtes sein, zu den Seelen anderer Menschen Zugang zu finden. Stelle an diese Seelen, während du den Hochzeitstanz des Paares beobachtest, die Frage, ob sie wahrlich darauf vorbereitet sind, miteinander den Tanz des Lebens in Freude und Liebe zu tanzen. Ihre Antwort wäre bereits in diesen Momenten ihres Glücks gegeben. Sind ihre Seelen in Einklang miteinander, dann stehen auch Wesen des Lichts und die Seelen ihrer Ahnen als kraftvolle, als begleitende und beschützende, geistige Gemeinschaft hinter ihrem Lebenstanz. Hinter jedem Paar bewegt sich auch eine große Gemeinschaft von Seelen, die mehr oder weniger aufeinander abgestimmt das Leben der beiden mit beeinflusst.

Die Weisen der Indianer wissen noch sehr gut Bescheid über diese Zusammenhänge und arbeiten auch mit den Seelen der Ahnen, bevor zwei Menschen sich das Ja-Wort geben. Damit ist auch gewährleistet, dass diese Lebensbegleiter anderer Welten im gleichen Rhythmus mit den Lebenden mittanzen. Bewegung und Impulse aus getrennten Welten und von in Trennung verharrenden Seelen führen zu störenden Bewegungen im Lebenstanz. Sie enden schließlich in Ablehnung, Hass und zwischenmenschlicher Trennung. Diesen schmerzvollen Tanz müssen Menschen in verschiedenen Lebensrollen als Eltern, Kinder, Liebespartner so lange über verschiedene Leben miteinander tanzen, bis alles Trennende zwischen ihnen sich erlöst hat. Dann sind sie und ihre Seelengemeinschaft frei und können sich auch aus den Intensitäten der Lebensdramen befreien.

Alsbald bewirkt diese Befreiung, dass sich Männer vor den Frauen verbeugen und sie um Vergebung bitten. Tausende von Jahre stehen beide miteinander im Kampf um die Wahrheit. Aus dem Tempel ihres Mysteriums hebt sich aus ihrer Liebe zum Weiblichen der Weisheitsschatz der Priesterin und Göttin. In großer Würde und Erhabenheit öffnet die Göttin nun die göttliche SEELE des Weiblichen für die Heilung des Mannes. Aus der Hingabe an den Mann findet sie zum Juwel seiner Männlichkeit, der SEELE GOTTES, die in ihm wohnt. Sie verneigt sich vor ihm und bittet ihn um den Segen für ihren Herzensfrieden mit dem Männlichen. Er öffnet ihr sein Mysterium in Kraft, Weisheit und aus seiner Dynamik des Lebens. In inniger Umarmung erfahren beide das Sehnen der Geschlechter nach Heilung, Heiligung und Frieden. In dieser Einheit beider Herzen erleben sie gemeinsame Freude, Hingabe und Glück, Dankbarkeit und Respekt, gemäß der Verbindung, die sie miteinander pflegen. Gemeinsam singen die Geschlechter das Lied der Lieder, den Herzensgesang, gegeben aus der Liebe, die ALL-EIN aus der Umarmung ihrer Seelen gegeben ist.

So sind FRAU und MANN gemeinsam stark und lichtvoll in ihrer Lebensausrichtung. In ihrem inneren Auftrag geben sie sich achtsam und zentriert. Jeder bleibt für sich in seiner eigenen Mitte und kann Friedfertigkeit, Mitgefühl und Barmherzigkeit geben und erfahren. Sie spüren tief im eigenen Wesen den Weg des anderen und ehren diesen, auch wenn es nicht ihr eigener Weg ist. Sie erhalten den Frieden in sich selbst und geben den Frieden, der allein von der Erkenntnis der Seelen ausstrahlt, die sich ihrer Aufgabe in der Hingabe an den Anderen bewusst ist.

Ist es nicht ein Grundschritt dieses gemeinsamen Lebenstanzes, die Vielfalt in aller Bewegung aus der beweglichen und geheilten Seele zuzulassen? Im Menschsein bestimmen entweder Frau oder Mann die Umstände des Miteinanders oder auch Gegeneinanders. Ich zeige dabei auf, welcher Aspekt in einem Konflikt in mir als Seele ungeklärt ist und im Verborgenen ruht. Ich richte mich nicht nach den äußeren, sondern nach den inneren Gegebenheiten. Auch der Wechsel eines Partners bringt nicht einen Wechsel der Aufgabe mit sich, die ich als Lebenssubstanz in mir trage. Wenn es in mir etwas zu erlösen und zu klären gibt, dann suche ich mir im Tanz des menschlichen Lebens die Umstände, die dazu passenden Menschen, und vertraue auf möglichst liebevolle Lebenssituationen. Die Liebe ist die Kraft, aus der ich mich für meine Auferstehung in das Reich des Glücks und des Friedens reinigen und lichten möchte. Könnten die Menschen dies erkennen, würden sie sich alle Zeit und Mühe geben, Lebensabschnitte aus meinem Sehnen nach Liebe zuzulassen und in Dankbarkeit für die Lebensbewegungen und Lernaufgaben heilvoll abzuschließen. Bleiben durch einen Wechsel im Lebensumfeld offene energetische Kreisläufe zurück, empfindet dies der Mensch als Trennung, weil ich, die Seele, als Lernende und mich immerwährend Verändernde nicht richtig verstanden fühle.

Erinnere dich an viele Situationen deines Lebens. Du hast unterschiedlichste Aufgabenbereiche immer zu Momenten abgeschlossen und verändert, wenn die Energie dazu im Positiven stand, wenn ein Projekt seinem Höhepunkt zuging, wenn die Beziehung zu Menschen im Heilvollen gegeben war. War dies nicht auch bei deiner langjährigen Begleiterin, bei eurer Trennung voneinander

der Fall? Ihr beide habt gespürt, dass viele Lebenskämpfe sich zu beruhigen begannen, Lebensziele in Bereichen von Beruf und Aufgabe gingen in Erfüllung. Es war immer zu ganz bestimmten Zeitpunkten deines Lebens der innere Impuls gegeben, das Leben wieder in eine neue Richtung zu lenken. Was sich daraus ergibt, hast du vielmals in Erfahrung gebracht: Du konntest die Essenz des vorherigen Lebensabschnittes mitnehmen, gleichsam als starke, gefestigte Basis, auf der du weiterbauen solltest. Dies ist das Prinzip, aus dem ich als Seele wirke und dich zum Handeln und in die Fülle bringe. Wie der stufenweise Gang auf eine Pyramide entfaltet sich aus dieser Haltung ein menschliches Leben voller Erfahrungen. Aus einem positiven und in sich geschlossenen Lebenskreislauf entsteht ein nächster, höherer Lebenstanz. Das Bewusstsein hebt sich dabei in der Dynamik einer sich drehenden Spirale.

Somit tanze ich als Seele auf diese Weise von Lebenskreislauf zu Lebenskreislauf, von Beruf zu Beruf, von Aufgabe zu Aufgabe. Es wäre nun etwas verwegen von mir, zu sagen, von Partner zu Partner. Der Tanz des Lebens in einer Ehegemeinschaft hat zu einem gewichtigen Teil die Aufgabe, ankommenden Kindern eine heilvolle und kraftvolle Basis ihrer Entfaltung zu bieten. Insofern ist es ratsam, in großer Achtsamkeit die Bewegung der Wünsche und Vorstellungen innerhalb einer Partnerschaft zu betrachten. Es liegt nicht in meiner Absicht, in diesem Tanze der Veränderung ein Chaos zu schaffen, weil die jeweilige Partnerin, der gerade in ihrem Leben stehende Partner den eigenen, oft auch egoistischen Wünschen und Vorstellungen nicht mehr entsprechen. Der Hintergrund einer Partnerwahl, die Basis jeder heilvollen Gemeinschaft, das sich einander Hingeben an die Herausforderungen und auch das sich voneinander Lösen sollte von immer klarer hörbaren und spürbaren Impulsen des Herzens mitgetragen sein. Aus diesem Im-Puls, diesem alles durchdringenden Grundrhythmus unseres Lebens, entfalten sich weiter verzweigende und in das Leben verästelnde Rhythmen und die darüber liegenden Schwingungen der Klänge und Töne, zu denen wir beide tanzen. Für diese Rhythmen des Lebenswandels erfinde ich in großer Freude und Fülle immerwährend neu geschaffene, in das Leben einwirkende Musikstücke und Tänze für die gemeinsame Befreiung und Heilung.

In diesen Tänzen finden wir in unserem Lebensumfeld die Tanzpartner in Partnerschaft, Familie, Beruf, in Freunden und Bekannten. Sie alle helfen dabei, gebundene, unfreie und unerlöste Lebenshaltungen, Vorstellungen und Lebensaufgaben möglichst in Dankbarkeit und Vertrauen, in Respekt und in der Erkenntnis eines geführten Wandels zu erlösen. Wir suchen nach neuen Orten, bewegen uns in neue, noch unerforschte Räume und Zeiten. Jeder Tanz, den ich einleite, führt uns gemeinsam aus den Erinnerungen des Vergangenen und aus den Hoffnungen für die Zukunft in die Bewegung und Gestaltung des Tanzes im Jetzt.

Welch schönere Haltung könnte es im Menschsein geben, als die sich ergebenden Lebensaufgaben gemeinsam in Liebe und Freude zu ertanzen. So lass uns die Hände reichen, lassen wir Räume und Zeiten im Jetzt entstehen, tanzen wir in die Gemeinschaft der Priesterinnen und Priester von Avalon. Erinnere dich, Geliebter, welchen Tanz hatten wir damals gemeinsam getanzt, du und ich? Verloren wir uns in Teilen unseres Selbst in den Spielen und

Missbräuchen des Lebens oder führte uns dieser Tanz in die Erlösung und in die Befreiung? Ich spiele dir die Musik und übergebe dir die Bewegungen des Tanzes. Wechseln wir gemeinsam Räume und Zeiten und erfahren wir aus unser beider Einheit die Seele eines Ortes, einer Kultur oder einer Religion.

Du spazierst gerade durch einen von Blumen und blühenden Büschen verzauberten Garten. Ich führe dich in meinem Erfahrungsschatz zu Orten und Wesen, zeitlos und raumlos vereinigen sie sich in deinem Herzen. In Liebe verbunden mit einer Priesterin, öffnen sich in euch beiden Erinnerungen, weiten sich Einsichten und Botschaften für das Gewesene und für das Kommende. In gemeinsamer Hingabe an die Schönheit und Reinheit des Ortes verflüchtigen sich Gedanken und Worte wie sich auflösende Wolken. Gefühle des Friedens und der Zufriedenheit, Bewegungen des Glücks und der Freude führen euch durch die Jahrhunderte. Die englische Heilquelle *Chalice Well* in Glastonbury nimmt euch beide mit auf die Reise zu ihren Innenreichen des Heiligen Avalon. Rundum tosende Kriege verfeindeter Stämme, Zerstörung und Wiederaufbau, in Machtkämpfen und aus Ritualen der Magie die Wahrheit suchende Frauen und Männer, erlesene verbindende Tafelrunden, Liebespaare anderer Zeiten, an Kräfte anderer Reiche und Welten sich hingebende Priesterinnen und Priesters – wie vom Sturm auseinandergerissene Nebelfetzen, in den Kellern und alten Räumen zerfallende Bilder alter Zeiten ziehen die Geschehnisse an euch vorbei. Klänge von begnadeten Musikern öffnen die Tore zu sich weitenden Welten und in allen Farben blühenden Zaubergärten. Wanderer anderer Kulturen und Religionen, Betende und Meditierende, Träger und Suchende des Heiligen

Grals, sich niederlassende Heilerinnen und Boten GOTTES – sie alle begegnen und erkennen sich wieder. Ohne Absicht und Ziel, aus dem Mysterium ihres eigenen Herzens, begegnen sie der Göttin von Avalon, die sie weiterführt zu den Quellen ihres eigenen Seins. An den unterschiedlichsten Orten dieser Erde kommen sie zusammen. Im Lichte der Sonne und in den verhüllten Tiefen der Unterreiche erkennen sie den wahren Weg zum wahren Ort des Friedens und der Liebe.

SIE sitzt neben dir, Hand in Hand bist du mit ihr in der Wahrheit des Herzens verbunden. »The Tor«, ein mächtiger Turm, färbt sich in ein gelb-rosa auf dem vor euch liegenden Hügel des alten, vergangenen Avalon. Im Schein der untergehenden Sonne tanzen unzählige kleine Insekten. Bilder sich befreiender Erinnerungen, auflösender Vorstellungen, der im Winde mitbewegte Zerfall unzähliger Bücher und Texte, ein Millionengewimmel tanzender Buchstaben – alles erhebt und befreit sich im über die Hügel von Glastenbury aufsteigenden Abendwind.

»Im Lichte der sich in den Farben des Abends badenden Sonne bist du schön«, sagtest du zu ihr. Es war schon kühl, und die Tore des Gartens sollten bald geschlossen werden.

Erinnerst du dich an den Tanz in den ägyptischen Weisheitsstätten? Welchen Tanz brachtest du ihr bei, als sie, von der Hohen Priesterschaft gehütet, ein Leben in Abgeschiedenheit leben und als Medium dem spirituellen Hochadel dienen sollte? Wurden wir für die Absichten der Mächtigen missbraucht, oder missbrauchten wir selbst aus unserer Macht und unseren Zugängen der Magie?

In der brütenden Hitze sitzt du im Schatten eines Felsens, die mächtigen und erhabenen Pyramiden und Tempelanlagen liegen vor dir. Du sagst noch zu deiner Begleiterin, es wäre günstiger, den geplanten Ausflug zu verschieben, weil sich ein Wüstensturm für die kommende Nacht angekündigt hat. Die Palmen und künstlich bewässerten Gartenanlagen der Hotels, die Ströme der umherziehenden Touristen – es erscheint dir alles wie parallel sich abspielende Filme und Szenen unterschiedlicher Schauplätze und Zeiten. Du sitzt auf einem Kamel, neben dir reitet deine Begleiterin. Gemeinsam zieht ihr durch die Weite des wütenden Sandsturms und wandert an den Ort, wo in der Unwirklichkeit der äußeren Welt Erinnerungen in der Stille der Seele geweckt werden sollten. Im Wüstensturm bohren sich die Sandkörner wie Nadelstiche in die Haut. Jeder Blick zurück in die Vergangenheit ist verwehrt. Abseits üblicher Wege kommt ihr zu einer kleinen Beduinenhütte, wo ihr rasten und euch für wenige Minuten von dieser beschwerlichen Wanderschaft erholen könnt. Eine kleine Tempelanlage bietet Unterschlupf und Schutz vor den gnadenlosen Kräften der Natur. Ein Teil deiner Erinnerung verblasst im grauen Sandschleier. Worte und Gedanken, Gebete und die Bitten um Heilung und Erlösung werden vom tosenden Sturm von deinem Munde gerissen und in die Weite der Wüste getragen. Mit verklebten Augen und blutendem Herzen sitzt du auf einem Sonnenrad aus Stein. Ihr seid auf dem Tempel, der euch gerufen hat. Jeder Gedanke, Gefühle der Schuld und Verurteilung verlieren sich im Kampf mit dem Sturm. Der Geist des Ortes zerreißt ohne Erbarmen die verdeckenden Nebel, die über deiner Seele liegen. In Ohnmacht und Schmerz verschwinden die Konturen deines Lebens. Ein dunkles Seidentuch liegt schützend über dem Haupt deiner Begleiterin.

Wie von Engelshänden geschoben, öffnet sich für wenige Minuten ein Himmelstor, durch das die Sonne scheint. Erschöpft zieht ihr weiter, der Stadt entgegen, die nach und nach ihre Konturen zeigt. Ein befreiendes Lachen ist hörbar. Du nimmst ihre Hand und führst sie in das Hotel. In einer Ecke in der Lounge spielen drei Musiker Musik der Sechzigerjahre. Erinnerungen werden wach, und die Müdigkeit liegt in ihrer Schwere über dir. Etwas ist anders in dir und in ihr.

Es ist die Stille und Muße des Momentes, die Dankbarkeit für alles, was geschieht, und die Achtsamkeit des Herzens, aus der ich zu dir, mein GELIEBTER, spreche. Wir tanzen von Zeit zu Zeit, und niemand steht über uns, der dich verurteilen würde für das, was du gerade erlebst. Dein Leben liegt wie in einem offenen Buch mit vielen geschriebenen Kapiteln zutage. Du kannst es lesen oder beiseite legen, es ist unerheblich.

Dennoch sind wir gemeinsam mit all den Kräften verbunden, die du einst, jetzt und in aller Zukunft in dein Leben einbetten möchtest. GOTT fragt nicht, ob diese Kräfte aus Maya, aus dem alten Ägypten, aus den christlich-hebräischen Quellen oder aus dem Geiste Buddhas zu IHM strömen. Die aus unseren Ebenen zu IHM sich empor drängenden Kraftströme ziehen sich wie Laserstrahlen durch die Nebel der Traditionen und Glaubensbilder.

Seelen und Menschen sind gerufen, diese Kraftströme von den besonderen Orten der alten Kulturen und Religionen an IHN zu richten. Aus der wahrhaftigen Bereitschaft, diese Kraftströme über den Tanz des Lebens zu reinigen und den eigenen Wandel in SEINEN Dienst zu stellen, vereinen sich diese Strahlen zu der

All-Einen Wahrheit. Eine Vielzahl von Kräften und Wesen, von Göttinnen und Göttern, von Glaubensbildern und religiösen Praktiken verbindet sich in ihrer Essenz, in Seiner Formenvielfalt. Er ist die Summe dieser Wahrheiten, all der Wesen und Kräfte. Sie sind ein Teil Seines wahren Seins. Über sie tanzen sich Menschen in Freude und Hingabe zu Gott, und über Ihn gelangen Menschen zu ihnen. Schritt für Schritt nähert sich Seele für Seele seiner Quelle. Sie öffnen ihren Erfahrungsschatz und danken Seinen kosmischen Mittlern, Wesen und Kräften, die sie heim begleiten.

Tanze mit dem Jaguar durch die Stätten der Maya. In den Schulungen der Weisheitstempel erkennst du mich wieder. Von den Hütern dieses Ortes bist du als einer von ihnen erkannt. Gemeinsam steigen wir tänzelnd und in Schlangenbewegungen die Stufen der Pyramiden auf dem Wege der Einweihung empor. Eingehüllt in Weihrauch und Copaldüfte (*Copal* ist ein tradit. Räucherwerk der Maya), begleitet von Trommelmusik und Flötenklängen, kniest du vor dem Altar der Meister. Die Kräfte des Heiligen Mayakalenders, die Silhouetten der Kristallschädel kreisen wie leuchtende Juwelen um dich. Die Schwingungen der Zahlengottheiten zeichnen in reinsten Farben und Formen Bilder aus den dreizehn Himmelswelten. In einem sich in deinem Herzen zentrierenden Freudentaumel verschmelzen wir zu einem Feuerball, in dem du dich in mir, deiner Liebenden erkennen kannst. Eine Spiralkraft, die sich über deinem Haupt erhebt, zieht alles gleich einem Sog in eine andere Welt. Ich, deine Seele, fühle mich in einem ekstatischen Zustand, hier und dort zugleich. Im Taumel formt sich mein Tanz der Glückseligkeit. Ich reise durch

Räume und Zeiten. Dein Herz ist Liebe, dein Geist richtet sich als Strahl in die Weite des Kosmos. In der Stille der kosmischen Weiten öffnet sich ein Tor, das wir gemeinsam betreten. Du blickst voraus auf das Ende der Maya. Ritualgegenstände verlieren ihre Konturen, Altäre brechen in sich zusammen, Pyramiden und Tempel öffnen ihre Tore und geben ihre leuchtenden Schätze frei. Göttinnen und Götter befreien sich im gleißenden Licht der wahren Sonne. Du fragst mich: »GELIEBTE, ist dies nun das Ende der Zeit, der Beginn des neuen Lebens?« Ich, deine GELIEBTE, tanze mit dir in die Reiche, in denen Glaubensbilder, Kräfte und Wesen, die in deinem bisherigen Leben Gültigkeit hatten, sich in einem Strom der Erkenntnis auflösen. Im Doppelstrahl der Helix erheben und vereinen wir uns auf der Suche nach der wahren Befreiung, aus der Intensität der Liebe. Es beginnt der TANZ DES LEBENS aus der Kraft der sich in andere Dimensionen hebenden Spirale. Wir sind da, wo alles sein Ende und seinen Neubeginn findet.

Auf der *Gran Plaza* kommt dir ein Wächter entgegen und bittet dich, die Tempelanlagen zu verlassen. Es ist schon spät geworden. Außer ihm ist niemand mehr zu sehen. Auf dem Boden liegt die Feder des Urwaldvogels Oro Pendulo mit seinem leuchtenden Goldgelb. Du nimmst sie in die Hand und gehst deines Weges. In einem sich ankündenden Regenschauer spürst du die Regengottheit Chak, den Hüter des fließenden Wassers und deines im Feuer der Maya brennenden Herzens. Eine Nasenbärfamilie sucht in den vertrockneten Blättern, die den feuchten Urwaldboden bedecken, nach Nahrung. Im Dickicht des Regenwaldes verbreiten die Stimmen der Natur die einkehrende Abendruhe.

»Geliebter, Ich, Deine Seele, wandere schon seit langem mit dir in diesen Reichen. In der Schlichtheit deiner Entscheidung, die Einheit zu suchen, kannst du vieles nicht mehr in den Gesamtzusammenhang deines Lebens einordnen. Manches liegt in den anderen Welten und drängt dich dazu, dein Bewusstsein, deinen Blick in die befreienden Ebenen dieser Welten zu richten. Mit einem anderen Teil deines Lebens stehst du hier, verankert in einem Leben, das mit all seinen Herausforderungen gelebt sein möchte. So sind wir ständig auf gemeinsamer Suche nach uns selbst. Du als Mensch und Ich als Seele – gemeinsam bewegen wir das Leben in bekannten oder auch unbekannten Schrittfolgen.

Manchmal setzt du den ersten Schritt dieses Tanzes, und ich wundere mich, wo du mich gerade hinführst. Ich lerne, mit den von dir entschiedenen Lebensabfolgen mithalten zu können. Die Musik dazu gibt uns der göttliche Kosmos, das große Mysterium Gott, der alles in unterschiedlichsten Frequenzen, Farben und Tönen in Bewegung hält. Oft gebe aber auch ich den ersten Impuls für einen Tanz, den wir beide noch niemals getanzt haben. Dies sind in deinem Leben die ganz besonderen Momente, wo du in deinem großen Vertrauen in die Hingabe an deine inneren Impulse gehst. Das, Geliebter, liebe ich so sehr an dir! Wann immer ich dir einen Impuls für einen neuen Tanz gebe, bist du bereit, diese Bewegung über die vorstellbaren Grenzen deiner Erfahrungen fortzuführen. So mancher Tanz bringt dich auch an die Grenzen eines Abgrundes. Dies ist meine Möglichkeit, eine nötige Veränderung einzuleiten.

Erlaube mir, dir jetzt für deine Bereitschaft und Hingabe an den Lebenswandel zu danken. Wir haben viele Tänze zu unterschiedlichsten Liedern, Rhythmen und Zeiten getanzt. Wir sind begleitet von geistigen Kräften, die auf meine Schwingung und weniger auf dein Menschsein reagieren. Ja, in diesem Punkte darf ich stolz sein. Ich bin die Instanz in dir, welche die Impulse für die geistigen Seinsquellen aussendet, die die geistigen Kräfte des Lichts oder auch der Schattenwelten auf dich aufmerksam werden lässt. In solchen Momenten geht deine Persönlichkeit mit ihren Zielen, Absichten und Wünschen bereitwillig zurück und lässt mich gewähren. Es ist die Form der Hingabe an den Wandel, der immer Heilsames entstehen lässt und Schutz gibt für das, was vor dir liegt.

Ich erinnere dich an gemeinsam mit dir getanzte Tänze, die ich einleite, und die in diesen Strom des inneren Glücks und der frei fließenden Liebe münden. Erlaube mir, dieses Geheimnis nun mit dir zu hüten. Nicht jeder Lebenstanz ist dafür geeignet, ausgesprochen zu werden. Ich liebe es auch, in der Stille der Erinnerung und in der Vorfreude des Kommenden das Mysterium des Lebens mit dir zu ertanzen. Halte dich fest, ich bin im Herzen des goldenen Einhorns, das mit dir durch die Dimensionen fliegt. Das Horn öffnet uns die Tore in die Höhen und Tiefen anderer Welten. Die weit gespannten Flügel verbreiten Respekt und Anerkennung dieses von GOTT gesandten Wesens. Fliegend tanzt es mit uns zu den Orten, wo der Ruf nach Befreiung gegeben ist. Jeder Flügelschlag zerschlägt und zerbricht Energieformen, die sich um die Wahrheit des Lebens und der Liebe legen.

So tanze weiter, mein GELIEBTER. Tanze mit mir in den Morgen, in den ständig sich ergebenden Neubeginn. Tanze mit mir auf die Barke der Sonne, die getragen ist von den Wogen und Quellen der Liebe.

Die Barke der Sonne

Könnte es einen schöneren Tagesbeginn, einen schöneren Morgen deines Lebens geben als den Kuss des Erwachens, der uns, GELIEBTER, zur Reise auf der Barke der Sonne einlädt. Lächelnd treiben wir über das Himmelszelt. Geboren aus den dunklen Tiefen des Lebens steigen wir in Licht und strahlender Wärme gemeinsam empor.

ICH, DEINE SEELE, BIN in ihr, denn sie hat mich geboren. Begleitet von zwei Hütern treiben wir über die Wasser des Lebens. So hebe ich meinen Blick in die Höhen der Lüfte und lasse mich sinken in die Tiefen der Meere. Erde in Erde, Geist im Geiste, Feuer im Feuer und Wasser in den Wassern, so durchdringen wir gemeinsam Geist und Schöpfung.

HÖRE MEIN GEHEIMNIS,
ICH ERZÄHLE DIR,
WAS NUR DIE SONNENGÖTTIN WEISS.

ES IST EIN KRAFTVOLLES GEHEIMNIS,
ES WIRD DICH AUS DER DUNKELHEIT BEFREIEN.

ES IST EIN WUNDERBARES GEHEIMNIS,
ES WIRD WÄRME IN DEINEM HERZEN WECKEN.

Es ist ein leuchtendes Geheimnis,
es erlaubt Dir, Dich Selbst zu erkennen.

Es ist ein einfaches Geheimnis,
Du brauchst nur Deine Augen zu öffnen.

Mein Geliebter,
Betrachte Dich im Sonnenschein Gottes,
Denn in Seinem Lichte bist Du schön.

Aus deiner menschlichen Erfahrungswelt gleitest du aus dieser Schönheit durch eine ungeahnte Vielfalt von täglichen Erlebnissen und Erfahrungen, durch Freuden und Nöte, durch Leichtigkeit, Beschwingtheit und durch Schwere und Dichte. Ich gleite mit dir in der Sonnenbarke Gottes durch die Welten der Wahrheit und durch die Illusionsbilder der Scheinwelten. Als Dimensionspendlerin reise ich mit dir durch die Vielfalt der Lebensphänomene, durch die Seinsebenen von Licht und Schatten, in Leichtigkeit und aus der Liebe zum Leben. Die Schwingungen dieser Reiche gleichen den Wellen, auf denen die Barke der Sonne sich hebt und senkt. Es sind deine Gefühlswelten und Gedankenbilder, die sich immerfort bewegen, die deine Energien und dein Wohlbefinden lenken. Die in dir lebendige Seelenkraft und das sich daraus öffnende Lebensgefühl zeigen sich im Lichte der Freude und des Glücks.

Gemäß dem Lebensrhythmus jedes Menschen sind freilich auch Kräfte präsent, die diese Lebensbarke dann und wann auch zum Stillstand bringen. Diese Schwingungen haben nicht die Kraft, deine Barke zu steuern oder ihre Fahrtrichtung zu gefährden. Doch so manche Sturmwelle schwappt über die Sonnenbarke und über unsere gemeinsame Ausrichtung herein und fordert uns, die Ruder und das Steuer fest in der Hand zu halten.

Vielleicht machen dir andere glauben, es wären diese von mir erwünschten und sogar beabsichtigten Erfahrungen nur verbunden mit einer Reise der Barke durch die Lichtwelten. Nein, so ist es wahrlich nicht. Aus dem Prinzip von Leichtigkeit und Beweglichkeit, aus Lebensspannung und Verdichtung äußern sich für mich als Seele die so kostbaren Bewegungen des Lebens. Die Vielfalt des Lebens bewegt dich auch im Dunkel der Nacht durch dein körperliches, emotionelles oder geistiges Menschsein. Aus dem beschränkten Blickwinkel, aus einem einseitig auf das Licht ausgerichteten Weltbild lenkt der Mensch seine dunklen Anteile meist als Ablehnung und Verurteilung auf andere. Unter einem eingeschränkten Lebensbild leide ich als Seele. Die zu ordnenden Gärten meines Seelenreiches, die dort wachsenden Blumen und Pflanzen werden vom Licht des Tages beschienen. Das Schattenreich aber hat in der Polarität der Erde die Aufgabe, uns beide für weiteres Wachstum zu bewegen. Als Hüter unserer gemeinsamen Liebe bewahrt es in den Zeiten des Dunkels den Garten des Schönen und Reinen.

Auf der Sonnenbarke, mit dir als Steuermann, kann ich auch in die unterschiedlichsten Ebenen der Schattenwelten eintauchen.

Wir bewegen uns aus diesem Respekt vor dem Reiche des Dunkels ganz unbeschadet auch durch die Dichten des Lebens. Ich kann mich mit dir in Energiefelder von Emotionswelten der Sensationen einlassen, ich erfahre aus dir Gefühle, nehme Gedankenbilder aller Art auf, ohne in diesen Illusionswelten Schaden zu nehmen.

Ich möchte dir dafür danken, dass du mir aus deinen Zugängen zu den beiden Reichen diese Erfahrungen ermöglichst. Ich fühle mich aus dir, aus deinem Menschsein wahrlich in einem großen Schutze, weil du der göttlichen Schöpfung – in welcher Form sie auch immer in deinem Leben stehen mag – respektvoll und weise begegnest. Dies ist eine wundervolle Erfahrung für mich, die ich diese Sichtweise der Liebe in allem Sein in mir trage. So kann ich dir Helferin sein, deine menschliche Aufgabe als Heiler der Seele auch in ihren dunklen Anteilen anzunehmen.

Du stellst mir die Frage, wer unsere Sonnenbarke anführt und sie leitet. Bist du es selbst, als Mensch, der dabei das Ruder in der Hand hält, oder stehen wir auf dieser Bootsfahrt in der Dynamik eines höheren Geschehens? Unsere geistigen Begleiter wollen dich auf deiner Lebenswanderung in die Lichtwelten mit Freude und Glück nähren. Dafür nehmen sie in vielen Lebensmomenten sogar das Ruder in die Hand, wenn du auf einen Umweg abgelenkt würdest und Strömungen den Weg der Barke ablenken sollten. Die Windbewegungen und die sich aufbäumenden Wogen könnten niemals die in das Licht der Sonne strebende Barke behindern.

Nachdem dich deine geistigen Begleiter über mich, dein innerstes Leitwesen führen, darf ich mich bei dir nun als diejenige vorstellen, die ständig darauf achtet, dich mit dem Gang der Sonne zu bewegen.

Die Hilfe aus den geistigen Ebenen kann nur die eigene, innere Haltung stärken. Dafür braucht es deine Verbindung zu mir, deiner Seele. Das von mir so sehr in Verbindung mit dir ersehnte Gefühl des inneren Friedens, der Zufriedenheit, der Freude und des Glücks erwachsen allein aus dem Sonnenbad, das wir gemeinsam auf dem Deck der Barke nehmen.

Wie oft hat uns die Barke der Sonne über die Strömung des reißenden Lebensflusses gelehrt, das Ruder loszulassen, geschehen zu lassen, sich hinzugeben. Es ist in solchen Lebensphasen so schön, mit dir beisammen zu sein, mich in dir in Einheit zu empfinden. Die uns umgebenden Kräfte verbinden sich in solchen Momenten der Ohnmacht und Hingabe und beruhigen die Wogen. Sie steuern gemeinsam diese Barke, aus dem einen, kosmischen Strom der verbindenden und tragenden Liebe und dem daraus erwachsenden Vertrauen. Dein Herz kann sich aus diesem unendlichen, göttlichen Strom füllen und den Bewegungen der Ozeane hingeben. Gehen wir aber auch davon aus, dass die Welt im derzeitigen Wandel eher einer Achterbahn gleicht als einer auf den Wogen der Weiten der Meere sich bewegenden Barke. In den rasanten Schleuderkurven braucht der Mensch Halt und Festigkeit.

Erinnere dich an die Tage, in denen du mit deinem Sohn in die Unterhaltungswelt von Orlando eingetaucht bist, in diese Scheinwelt, in der alles künstlich nachgebildet ist, was in der »realen« Welt im Alltag geschehen kann. So wird mithilfe der Technik sogar ein schweres Erdbeben ausgelöst und die Folgewirkungen im

Städteleben von Los Angeles dargestellt, um den unzähligen Besuchern Sensationen und Nervenkitzel zu bieten!

Was ist, wenn die Welt, die du als real bezeichnest, ähnlich aufgebaut nur eine Schaubühne der großen, kosmischen Vergnügungsparks darstellt? Stell dir vor, alle Geschehnisse auf der Erde sind von Kräften inszeniert, um die Menschheit in einen andauernden Nervenreiz zu versetzen. Du fragst, warum sollte es so sein? Geben wir doch die Frage an die Studios der großen Unterhaltungsindustrie weiter. Warum verdienen sie am Spiel der Emotionen in Kino, Musik, in Kunst, Theater, Oper, Schauspiel? Du kannst dir selbst aus eigener Erfahrung die Antwort geben: Je stärker die Seele eines Menschen verdeckt ist von den Nebeln eines schlafenden, menschlichen Bewusstseins, um so stärker reagiert der Mensch auf die Welt der Sensationen, der Emotionen und Illusionen, auf den Reiz und die Bewegung der Gefühle.

Der Mensch sucht nach Erfüllung, doch er richtet seine Aufmerksamkeit meist auf das Äußere. Somit blühen die Geschäfte mit Sex, mit Emotionsspielen, mit Sensationen und künstlich erzeugten Aufregungen, die nur der Ablenkung dienen. Der graue Alltag wird dadurch für viele Menschen vitalisiert, wenn auch unmittelbar nach dem Erlebnis wieder die übliche innere Leere da ist.

Es bleibt die Frage, ob es der Mensch allein ist, der sich diese Scheinwelt, verbunden mit den Regungen der Gefühle und Emotionen geschaffen hat. Du hast in deinem Leben bereits vielfältige Erfahrungen, dass sich geistige Wesen, so genannte niedere Götter, aus diesem Zustand und aus den Süchten und Abartigkeiten des

Lebens ernähren und am Leben erhalten. Diese Wesen suggerieren dem Menschen, die Energie ständiger Nervenanspannungen und Aufregungen für sein Wohlbefinden zu brauchen.

Eine der größten Illusionen ist es wohl, dass sich der Mensch in den Sekunden oder manchmal Minuten der emotionellen Hochspannung glücklich fühlt. Er wird in dieser Illusion von jenen Kräften gehalten, die er durch diesen Nervenkitzel nährt und immer stärker aufbaut. Dieser Zustand gleicht einem ständigen, feinstofflichen Betrug, abgestimmt auf den kurzen Impuls von Freude, die sich rasch wieder verflüchtigt und auflöst. Die emotionale Ebene wird aus der Unterhaltungsindustrie lediglich an der Oberfläche stimuliert. So bewegt sich die Barke des Menschen in den dunklen Nächten der Seele durch die Unterwelten. In einem intensiven Auf und Ab der Scheinwelten, Süchte und Abhängigkeiten, in den unkontrollierbaren Bewegungen der Gefühlswelten zieht es ihn in Lebensumstände der Entwürdigung und Respektlosigkeit. Das Körperwesen sehnt sich in Folge nach Befriedigung, nach Stillung eines Hungers, der nicht aus ihm selbst stammt. Ich als Seele ziehe mich in solchen Menschen weit zurück – in der Hoffnung, meine Hilferufe, mein Sehnen nach Verbindung, nach einer gemeinsamen Heimkehr zueinander in den Momenten der Einsamkeit und Not spürbar zu machen. Ich stehe dabei in einem Kampf mit Welten, die mich überlagern und aus denen ich mich selbst nicht befreien kann. Ich rufe um Hilfe, gebe Zeichen und Hinweise und begebe mich in den Zustand der Hoffnung und des Wartens.

Geliebter, solltest du dich jemals in den Tiefen deines Lebens befinden, dich allein und verlassen fühlen, so bewahre dir dennoch den Glauben, die Hoffnung und die Liebe. Erbaue aus deinem bewusst erlebten Leben, aus den Impulsen deines kreativen und mit dem Geist verbundenen Menschsein die Brücke zu mir. Ich stärke mich in Besinnung, Gebet, Meditation, in heilvoll wirkender Musik und Kunst. Unsere gemeinsame Erfahrungswelt ändert sich erheblich, sobald ich mich aus dem täglichen Leben in dir entfalten kann. Du suchst nicht mehr nach den Ablenkungen und Sensationen im Außen, du spürst vielmehr die Vitalität der inneren Erfahrungen, die einen nachhaltigen und bleibenden, ja nährenden Effekt in dir hervorrufen. Aus diesem inneren Erleben füllt sich dann dein äußeres Leben. Deine Umgebung, dein Umfeld, die Mitmenschen, die Tiere, Pflanzen und Mineralien – sie alle reagieren auf diese Veränderung in dir. Stehst du mit mir in Verbindung, hast du zugleich wiederum die Freiheit, dich in der Unterhaltung zu zerstreuen und dich des Lebens mit all seiner Vielfalt zu erfreuen. Du genießt dies aber aus einem anderen Aspekt der Freude und Abwechslung, die nicht die Illusion und Stimulierung des Moments zur Basis des Erlebens hat.

Du fragst mich, wie Menschen in diese All-umfassende Weisheit ihres Herzens Zugang finden. Es wäre für viele Menschen ganz einfach, diesen wahren und reinen Quell der Lebensweisheit zu finden. Was die Menschen dafür brauchen, ist die Verbindung zu ihrer Seele, so wie wir miteinander im täglichen Leben verbunden sind.

Dazu erzähle ich dir die Geschichte einer jungen Frau. In der Begegnung mit einem geistigen Wesen der Reinheit und Wahrheit öffnet sich in einer Vision das Sehnen ihrer Seele nach Erfüllung.

Zugleich verspürt sie aber auch die menschlichen Wünsche und Bedürfnisse ihrer Persönlichkeit. In ihrem Herzen kann sie beide Teile miteinander vereinen. Sie selbst möchte dir diese Geschichte nun erzählen:

Immer öfter habe ich, die ich dir meine Geschichte erzähle, seltsame Phasen großer Müdigkeit. Wenn ich zu Hause bin, werde ich manchmal plötzlich müde, so dass ich mich kurz hinlegen muss. Ich schlafe sofort ein und erwache manchmal erst nach einer Stunde wieder aus einem sehr traumreichen Schlaf. Dabei habe ich den Eindruck, sehr weit weg zu sein und erinnere mich an intensive Gespräche mit geistigen Wesen. Mit der Zeit wird mir allerdings bewusst, dass ich, während ich auf dem Sofa liege, gar nicht schlafe, sondern mich auf einer anderen Ebene aufhalte. Ich verstehe auch, dass meine Müdigkeitsattacken nichts mit Müdigkeit zu tun haben, sondern eher wie ein Ruf der geistigen Welten sind, mich mit ihnen zu verbinden.

An einem Nachmittag, als ich mich wieder einmal hinlege, »träume« ich, ich sei in einem mir fremden Land. Ich sitze auf einem kleinen Platz an einem Fluss und beobachte das bunte Treiben. Da fällt mein Blick auf einen jungen Mann. Unsere Augen treffen sich, und ich kann meinen Blick nicht mehr von ihm abwenden. Die Zeit bleibt stehen, und ich tauche ein in eine andere Dimension, eine Erinnerung, ein Erkennen, ein sich Hingeben an das, was gerade mit mir geschieht. Der Mann kommt langsam auf mich zu, und ich weiß für einen Moment nicht, ob ich die Flucht ergreifen oder stehen bleiben soll. Mein Herz rast, und in mir erwacht ein Feuer, in dem ich innerlich lichterloh zu brennen beginne. Seine ruhige und überraschend sichere Art beruhigt mich, obwohl, wie es scheint, auch er nicht recht weiß, was tun und was sagen. Er wirkt sehr einfach, fast ärmlich, steht aber in einer Würde und Sicherheit da, sodass ich mir plötzlich sehr klein neben ihm vorkomme. Sein Wesen strahlt etwas Erhabenes aus, als hätte er vollkommen erkannt, wer er ist. Dennoch steht er in einer großen Schlichtheit vor mir. Für einen Moment weiß ich nicht, ob ich mich an seiner Größe oder an der Einfachheit seines Menschseins orientieren soll. Aus seinem ganzen Wesen strahlt eine alles durchdringende, tiefe Liebe. Ich spüre, dass er mich liebt, und wenn er mich anschaut, so habe ich das seltsame Gefühl, als wisse er mehr über mich als ich selbst über mich weiß. Seine Liebe und Wertschätzung für mich geben mir Mut und Selbstvertrauen. Noch kann ich seine Liebe annehmen, da ich seine Vollkommenheit noch nicht in der ganzen Größe erkannt habe. Später gibt es dann oft auch Momente, wo ich mich nicht mehr würdig fühle, von ihm geliebt zu werden. Obwohl wir kein Wort miteinander wechseln, habe ich seltsamerweise das Gefühl, dass wir schon lange miteinander sprechen.

Dann klingelt das Telefon, und ich werde abrupt aus meinem »Traum« geholt. Nachdem ich den Hörer wieder auflege, bin ich etwas verärgert, dass mein schöner Traum so plötzlich beendet wurde. Zugleich fühle ich noch ein tiefes Sehnen nach ihm und wünsche mir, dieser wunderbaren Person noch einmal zu begegnen. Also lege ich mich wieder hin, schließe die Augen und stelle etwas erstaunt, aber glücklich fest, dass ich ihn innerhalb von Sekunden wieder auffinden kann. Nach kurzem Suchen schon erkenne ich ihn in einer Menschenmenge eines Marktes wieder.

Ich weiß, dass ich wach bin, und trotzdem geht mein »Traum« weiter. Es ist, als wenn ich mit geschlossenen Augen auf einer Großleinwand einem Film folgen würde. Das verwirrt mich etwas und verunsichert mich auch. Einen Augenblick überlege ich, ob ich nicht lieber an die frische Luft gehen sollte. Aber dieser Mann, den ich eben wieder entdeckt habe, zieht mich an und fasziniert mich erneut mit seiner Präsenz. So lerne ich diesen Mann nun näher kennen. Ich frage ihn nach seinem Namen, aber dieser klingt für mich so fremd, dass ich ihn weder aussprechen noch mir merken kann. Nachdem ich ihn zum dritten Mal frage, meint er, ich möge seinem Namen nicht so viel Bedeutung geben.

Was mich an seinem Wesen sehr beeindruckt, ist, dass er mit seiner Energie ganz bei sich ist. Er wirkt wie ein vollkommenes, eigenständiges und dennoch für mich weit offenes Energiesystem. Es berührt ihn kaum, wenn heftige Situationen an ihn heran kommen, und er reagiert auf Bewunderung und Komplimente sowie auf Beschuldigung und Verurteilung gleichermaßen. Er nimmt Beurteilungen anderer in großer Gelassenheit hin, ohne dass die Reaktionen der Mitmenschen einen Einfluss auf seinen Gefühlszustand hätten. In seiner Gegenwart ist es unmöglich, energetische Übergriffe zu setzen und ungefragte Einblicke in sein Wesen zu nehmen. Er sieht weder mich noch sich als Opfer oder auch nur in einem Zustand des Mangels, obwohl sein Leben als »armer Mann« alles andere als einfach und angenehm ist. Er zeigt mir einmal seine Behausung, und ich kann nicht verstehen, wie man an einem so schrecklichen Ort überhaupt leben kann. Auf den gemeinsamen Wegen duldet er kein Mitleid. Hege ich auch nur einen Gedanken in diese Richtung, so spricht er dies sofort an.

Wenn ich meine Gefühle nicht in den Griff bekomme und ihn verurteile, so entfernt er sich von mir. Er zeigt mir sehr genau, wieviel Kraft und Würde man einem Menschen nimmt, wenn man ihn bemitleidet, und wie man sich zur selben Zeit im Mitleid mit der Thematik des anderen verstrickt. Er lässt mich den Unterschied zwischen Mitleid und Mitgefühl spüren, und ich erkenne, wie grundlegend verschieden diese beiden Gefühlsimpulse sind. Das eine bindet an die Dunkelheit und nimmt Kraft, das andere befreit im Licht und gibt Heilung.

Er ist immer sehr dankbar für die Liebe, welche ich ihm entgegen bringe, und würdigt sie auch sehr, was ich überhaupt nicht verstehen kann, da er für mich die Liebe in Person ist. Ich bewundere immer mehr sein vollkommenes Wesen. Aber je mehr ich ihn erkenne, umso schwieriger wird es für mich, ihn zu lieben. Ich beginne, mich ihm gegenüber unwürdig zu fühlen. So beginnen wir auf der wenige Tage dauernden Wanderschaft, miteinander über das Wesen der Liebe zu sprechen.

Er fragt mich einmal sehr direkt: »Warum ist es für dich einfacher, einen unvollkommenen Menschen zu lieben? Liebst du mich als den, der ich bin, oder liebst du meine Probleme? Lassen diese dich stärker und liebevoller sein? Warum fällt es dir so schwer, mich zu lieben, wenn ich vollkommen und ermächtigt bin? Hast du dann das Gefühl, dass ich dich nicht mehr brauche, dass du mir nichts mehr geben kannst?

Du bist noch zu stark an das Bild der Liebe im Ausdruck der Abhängigkeit gebunden. Aber das ist nicht im Wesen dieser Kraft. Gegenseitige Abhängigkeit behindert die Liebe! Lerne mit mir das wahre Wesen der Liebe kennen.«

Langsam beginne ich zu spüren, dass Liebe damit zu tun hat, das Vollkommene im anderen zu sehen, ihn als perfektes, göttliches Wesen wahrzunehmen. Liebe ist das Vertrauen in einen Menschen, dass alles in ihm ist, was er braucht, um durch das Leben zu kommen. Jemanden lieben heißt zu vertrauen, dass er richtig handelt, auch wenn ich es ganz anders machen würde. Helfen wollen hat in den meisten Fällen nicht sehr viel mit Liebe zu tun.

Dieser Liebende gibt mir selten Ratschläge, aber er sagt zu mir: »Du bist vollkommen, alles ist in dir, ich bin nicht vollkommener als du. Wie könnte ich wissen, was für dich das Beste ist. Das kannst nur du für dich spüren, und ich traue dir das zu.« Ich spüre, dass so ein Satz viel mehr Kraft gibt als jeder Rat. Plötzlich wird mir bewusst, wie viel Raum in einer Beziehung entsteht, wenn jeder diese Einstellung hat!

Mit der Zeit wird dieser Liebende, mit dem ich für wenige Tage durch das Leben wandere, immer schweigsamer. Er spricht nur noch selten mit mir. Die meiste Zeit sieht er mich sehr liebevoll an, als wenn er sagen wollte: »Ich sehe das Licht in dir.« Wenn er mich so ansieht, wird mir plötzlich bewusst, wie ich mich selbst sehe, was ich von mir denke und wo ich mich noch unvollkommen fühle.

So vergehen die Tage, an denen dieser Liebende sehr präsent in meinem Leben ist. Er führt mich an verschiedene Plätze und zeigt mir Sakrale Orte und Altäre seiner Kultur. Mir sind diese Orte alle fremd; ich kenne die GOTTheiten dieser mir ungewohnten Welt nicht. Auch im Tempel, in den er mich führt, spricht er kaum mehr mit mir. Nur einmal gibt er mir zu verstehen, dass ich nicht so viel beobachten, sondern mein Herz fühlen und mit dem Geschehen füllen sollte. Manchmal spricht er wenige Worte zu mir, aber meistens zeigt er mir in inneren Bildern, die ich in dieser Zeit besonders wahrnehme, unterschiedliche Situationen aus seinem Leben und wie er damit umgeht. So erkenne ich ihn allmählich als liebenden Befreier meiner Seele. Ich frage ihn einmal, wieso er sich am Anfang als armer, einfacher Mann gezeigt hat. Er meint, ich hätte ihn sonst wohl nicht erkannt und mich auch nicht auf ihn eingelassen – womit er wohl Recht hat.

Am letzten Tage unserer gemeinsamen Begegnungen führt er mich in einen Tempel, der einer Göttin geweiht ist. Dort setzen wir uns auf einen Mauervorsprung, und er fragt mich: »Möchtest du mich neben dir oder in deinem Herzen haben?«

Bevor ich überhaupt antworten kann, sehe ich, wie er immer durchsichtiger wird, bis ich nur noch seine blau leuchtende Aura sehen kann. Dann spüre ich, wie dieses Licht in mich einzuströmen beginnt. Plötzlich werde ich sehr traurig, denn ich weiß, dass ich ihn von nun an nicht mehr sehen werde. Diese blaue Kraft aber, die ich nun in mir spüre, fühlt sich sehr segensreich und liebevoll an. Über mein Herz kann ich auch weiterhin mit ihm in Verbindung treten, aber sehen kann ich ihn nicht mehr. So ist mir nun gewiss, wie sehr ich ihn liebe und wie er mich ganz auf seine Weise liebt, als Seele, die Ich Bin. Ich liebe es, in ihm zu sein. Ich werde ihn auf meiner weiteren Wanderschaft an meiner Liebe zu mir selbst erkennen. Im Schein des Sonnenlichtes, in Freude und Glück, im Lichte des Geistes habe ich die allseits ersehnte, göttliche Einheit mit ihm gefunden.

Sei auch du, GELIEBTER, aus dieser Geschichte nun umarmt im Licht der Sonne, aus der immerwährend fließenden Liebe GOTTES. Die Impulse deines Lebens führen zum wahren Wesen, zu den Toren unserer Einheit. Auf der Barke der Sonne erfahren wir die unterschiedlichsten Welten. Alle LIEBENDEN anderer Seinsebenen unterstützen uns dabei, dem Wesen der Liebe näher zu kommen. Damit schaffen wir uns gemeinsam den Himmel auf GOTTES Erde. Ich gebe mich dir wie dieser Liebende als Seele hin. Ich öffne mich dir in allen Aspekten deines Lebens, weil ich spüre, dass wir in GOTTES Liebe als Wandernde durch das Erdenleben EINS sind.

GELIEBTER STRAHLENDER STERN,
DA ES DICH NUR EINMAL GIBT IN ALLER ZEIT,
IST DIESER AUSDRUCK EINZIGARTIG.

INMITTEN DES LÄRMS UNSERER WELT
VERBIRGT SICH IN DEN TIEFEN DES SEINS EIN GEHEIMNIS,
DAS ZU ERKUNDEN UNSER LEBEN ÄNDERT.

DIE SONNE GOTTES STRAHLE FÜR DICH
UND ERINNERE DICH
IN JEDER SEKUNDE DEINES ERDENLEBENS
AN DAS GEHEIMNIS DER SONNENGÖTTIN.

Welch größeres Geschenk könnte es für mich geben, als IHN über diese Einheit zwischen uns in Erfahrung zu bringen. Ich gebe mich als Zeichen meiner Freude, meiner Liebe und meiner

Hingabe allen Aufgaben hin, die uns gemeinsam als Herausforderung dienen. Das Licht einer im göttlichen Licht erstrahlenden Seele öffnet die wundervollsten Dimensionen in den kosmischen Seinsebenen. Eines der Mysterien dieser Wahrheitsquellen ist es, dass es keine Autorenrechte gibt. Du hast die Erlaubnis, diese Wahrheitsinhalte weiter zu geben. Du kannst sie kopieren und sogar als deine eigene Weisheit angeben. Du kannst sie wie auf einen Datenträger brennen und einem Menschen schenken, der dich liebt. Wenn du möchtest, kannst du die Schwingung dieser Worte mit in dein Herz nehmen. Dort ist es dann für immer Teil deiner ganz individuellen Wahrheit. Je mehr der Mensch an diese Quelle angeschlossen ist, umso eher geschieht es, dass er Seinesgleichen findet. Menschen, die an diese Bibliothek angeschlossen sind, tragen sogar die gemeinsame Aufgabe in sich, im Namen der Hüter dieser Licht- und Informationsquelle zu handeln, Bücher zu schreiben, Artikel zu verfassen, Menschen mit der Kraft ihrer Worte zu segnen und zu heilen.

So sei auch du bereit dazu, die Worte und Handlungen durch dein Herz und durch deine Lebenshaltung in die Welten fließen zu lassen. Die Vielfalt und Lebendigkeit des Kosmos erkennen wir aus deinem bunten und an Erfahrungen reichen Leben. Es wird für alle Menschen früher oder später notwendig sein, der geistigen Führung aus ihrer liebenden Seele zu vertrauen und den so kostbaren, inneren Halt zu suchen und zu finden.

Mein Weg als LIEBENDE und GELIEBTE, als Wegbereiterin GOTTES, wird dich in vielen Aspekten deines Menschseins neu befruchten. So nimm meine Weisheit und Erkenntnis aus den Umständen deines Lebens so an, wie sie gegeben sind. Gleich einem

Mandala der sich entfaltenden Göttlichkeit in uns entstehen aus diesem Zusammenwirken unseres wahren Wesens wundersame Formen, die sich zu einem harmonischen Ganzen zusammenfügen und in Schönheit und Harmonie vor GOTT erstrahlen. Ich empfinde mich als Seele, die ICH BIN, von GOTT, meinem geliebten Vater, auserwählt, mich in Seinem Wesen als deine wahre Geliebte auszudrücken. Als Seele segne und heilige ich dich, die du mich in die Intensität der menschlichen und geistigen Kraft der Liebe stellst.

Ich spüre dich als den wahren Geliebten, der mich als göttliches Wesen in einem Zustand brennenden Feuers und fließenden Wassers zugleich entfalten lässt. Ich empfinde dich täglich in deiner Präsenz als Liebender, der mein Sein als göttliches Wesen erkennt, den ich auf der Wanderschaft des Lebens begleite und dem ich vertrauen kann. All dies geschieht in Freiheit, im bedingungslosen Annehmen unserer Wanderschaft, die ich aus deinen vielfältigen Entscheidungen durch deine Verbindung zu mir mitgestalten darf.

Und so wandern wir gemeinsam, als LIEBENDE und GELIEBTER, in heiliger Verbindung von Seele und Persönlichkeit. Wir erfahren die Höhen und Tiefen des Lebens. Wir wandern durch die Vielfalt des Erdendaseins, stets getragen von den Kräften des Wandels, stets in der Haltung der Hingabe an die Impulse des Herzens, die einzig wahre Sprache GOTTES. Wir betreten die besonderen Lehrstätten des Lebens, treffen Menschen und lassen uns leiten, die Spiele und Illusionen des Lebens gemeinsam zu spielen und aus unserem Bewusstsein zu befreien. So erlösen wir die Dramen innerer Abhängigkeiten und sind bereit, aus unserer Zweisamkeit in die große, allumfassende Einheit in GOTT heimzukehren.

Auf diesem Heimweg begegnen wir vielen Suchenden. Aus unserer gemeinsamen Geschichte erinnern wir die Menschen daran, wer sie sind. Im Vergeben und durch die gegenseitige Hingabe an das Leben und an die Liebe verbreiten wir den Glauben an unsere göttliche Einheit.

Im Übergang vom Tag zur Nacht, am Lebensabend reichen wir uns nach langer und mühsamer Wanderschaft durch Zeit und Raum die Hände. Ganz bewusst entscheiden wir, uns von der Barke der Sonne zu erheben und uns auf den Schwingen des Geistes höher und höher tragen zu lassen. GOTT, die ewig unendliche Liebe, ruft uns zur HEIMKEHR in SEIN REICH.

Die Liebe zur Heimkehr

Wir schreiten weiter voran, MEINE GELIEBTE SEELE. ER, DER ALL-EINE, zeigt sich in vielen Aspekten über dich, über mich, über uns. In dieser Einheit sind wir angelegt, und in diese Einheit werden wir als Gemeinschaft im Zeitenwandel heimkehren. Ich spüre wie nie zuvor in meinem Leben die kraftvolle Verbindung zu den geistigen Quellen und die dahinter wirkenden Zusammenhänge. Ich füge mich, im Herbst meines Lebens, nach all meinen Erfahrungen in den Lauf der Geschehnisse ein. Unser gemeinsames Zusammenwirken zeichnet ein Leben, das Raum gab für vieles, was ich aus dir, die du mir das Licht der Erkenntnis vermitteln konntest, suchte. Aus einem inneren Drängen wollte ich GOTT näher sein, und ich fand Seine Antworten in den Impulsen des steten Wandels. Ich konnte IHN in Fülle und Glück und im Frieden mit meinem Leben erkennen und finden. Dafür hat es sich gelohnt, in Freuden und in Nöten meines Lebens Mensch zu sein.

GELIEBTER, wie weise sind deine Worte nach den heftigen Bewegungen deines reichhaltigen menschlichen Lebens. Erkenne nun in den sanften und langsam sich bewegenden Armen des Alters die segnende Hand des nahenden Todes. Lass dich in den aufkommenden Momenten des Zweifels von mir führen. Ich sehe für dich in den Tagen deines welkenden Lebens eine friedvolle

Reise. In innerer Ruhe, aus der sich ausbreitenden Stille in dir werden wir noch einmal ganz EINS miteinander werden.

Ich denke oft und mit großer Dankbarkeit an unsere gemeinsamen Intensitäten des Lebens. Du wurdest im Erkennen der vielfältigen Gesichter der Liebe und des Leids so reich beschenkt. Ein ständiger Wellengang auf dem Ozean unserer gemeinsamen Weltenreise hat uns zu einer Einheit miteinander verschmolzen. Nun kommt die Zeit, die Barke der Sonne ganz in die Hände derer zu legen, die dich stets über mich als Seele begleitet haben.

Der Erfahrungsweg deines Lebens öffnete Räume, von denen wir beide wohl nicht einmal ahnten, dass es sie gibt. Du durchbrachst mit mir die Grenzen der Religionen und Kulturen. In der Absicht, Menschen Hilfe zu geben, arbeiteten wir in den Reichen der Unterwelten. Mit dem Schwert der Erkenntnis durchtrennten wir die Nebelschichten zwischen den Dimensionen und erhielten Zugänge zu den Tempeln der sich wandelnden Wahrheit. Dort erhielten wir Zugang zum Rate der Meisterinnen und Meister, die uns Einblicke gaben in die großen Zusammenhänge des Weltengeschehens. Sie ermächtigten uns, aus ihren Impulsen und aus ihrer weisen Begleitung zu entscheiden und die großen Wogen der Veränderungen des Zeitenwandels in GOTTES NAMEN für den Frieden und die Liebe zu bewegen.

Ich weinte Tage und Nächte deine Tränen, GELIEBTER, wenn du die Fügungen deines Schicksals nur mehr aus dem beschränkten Blickwinkel eines verletzten und enttäuschten Menschen fähig warst zu erkennen. Ich schmiegte mich an deine Seite, als du in den Nöten deiner Krankheit dein Gesicht verloren glaubtest. Ich träumte mit dir die Illusionen und Fügungen von Scheinwelten, die wir im Lichtschein deines sich verändernden Bewusstseins zu wahren Erlebniswelten formten. So konnten wir wieder und wieder in die Welten der Erfahrungen gehen, im Vergangenen, im Jetzt, in dem, was wir auf unseren weiteren Reisen gemeinsam aus dieser Vielfalt ernten wollten.

Immer mehr fügen sich all die Teile deines Erdenlebens und meines Seelendaseins in ein Ganzes zusammen und ergeben einen Sinn, den du Jahre deines Lebens nicht erkennen konntest. Langsam beginnst du wahrlich zu begreifen, wohin wir gemeinsam gehen. Du erkennst, wie alles, was in deinem Erdenleben geschehen ist, zu diesem einen, wahren Weg gehört. So gehe nun diesen Weg mit vertrauensvollem Herzen und freudiger Gelassenheit weiter. Du siehst aus deiner neuen Perspektive die Welt, als ob sie dir zu Füßen läge.

Danke dir, GELIEBTER, für alles, was du in mir und durch mich bewegt hast. Danke für dein großes, wärmendes und leuchtendes Wesen und die Hingabe, mit der du den Weg mit mir gegangen bist, Hier und Dort zugleich.

Das Ende einer weiteren Wegstrecke durch ein erfülltes Leben, wie wir es schon oft gemeinsam begonnen und wieder beschlossen haben, ist nahe. Jetzt, wo du und ich wieder ganz EINS miteinander werden, erinnern wir uns an die Tage des Glücks, der Fülle, Freude und Liebe, die du stets mit GOTT verbunden wusstest. Es ist wundervoll, dein Leben, das wir durch unsere gemeinsame Ausrichtung und Hingabe an IHN entfalten konnten, in Dankbarkeit abschließen zu können.

In der Stille spürst du, Mein Geliebter, Seine liebende, wärmende Hand, nach der du dich viele Jahre deines Lebens so sehr sehntest. Sie wird dich nun durch diese kostbare Raum- und Zeitqualität führen, in welcher dein Sein zum wahren Leben wird. Lass dich in Seine Quellen heimführen, indem du dich im gewohnten Ausdruck deiner Dankbarkeit und Herzensliebe durch die Erfahrungen deines eigenen Lebens bewegst. Verbinde dich mit Denen, die dich lieben, die dich durch das Leben begleitet haben, die dich bewegten und von denen du bewegt wurdest. Sie sind in einer Gemeinschaft beisammen als Menschen, als Wesen, als Liebende, Geliebte, als Störende und Zerstörende. Sie alle erfüllten ihren Auftrag, dich durch die Erfahrungen der Welten in dein wahres Selbst zu führen.

Die Mutter Erde sitzt schon an deiner Seite mit Tränen des Abschieds in ihren Augen. Sie war es, die dich aus der Kraft und Intensität der Schöpferkraft, aus der Schönheit des Liebesspiels deiner Eltern zurück auf die Erde eingeladen hat. Aus ihrem kraftvollen Schoße konntest du dich als Menschenkind entfalten. Sie weint auf ihre Weise die Tränen der Dankbarkeit und Freude. In den tosenden Wasserfällen und reißenden Strömen, in den still liegenden Seen und ruhenden Meeren weint sie auf ihre Weise die Tränen der Trauer.

Hörst du ihre Stimme, der du bereits deine müden Augen geschlossen hast?

Sie spricht jetzt zu dir aus der Rose, die du stets geehrt hast als Symbol ihres Herzens.

So lausche ich nun dem tiefen, schweren, bedächtigen Klang ihrer Ruhe spendenden Stimme, die mir wieder die Kraft gibt, mich in großer Demut vor ihrer göttlichen Schönheit und Größe aufzurichten:

»Der Tag des Abschieds,
Geliebter meines Herzens, ist nahe.
Auch ich darf traurig sein, wenn eines meiner Lieben sich von mir verabschieden möchte.
Jetzt, wo du im Abend deines Lebens stehst, erlaube mir, als deine wahre Mutter und Hüterin der Erde, meine vier Erdenmeister zu rufen.

Meister Wind, der du meinen Atem über die Weiten der Meere und über die Vielfalt der Landschaften und Kontinente trägst: In deinen warmen Strömen des Südens, in den kühlen Lüften des Nordens mache auf dich aufmerksam; denn der Geist eines meiner geliebten Erdenkinder ist müde geworden.«

Mit einem kalten Windstoß ließ er meinen müden Geist erwachen, doch seine Stimme erhob sich sanft, um mich nicht zu erschrecken.

Und er sagte zu mir:

»Erhebe dich, und verbinde dich mit denen, die du kennst, die dich wie auf Engelsflügeln durch die Turbulenzen, ja Stürme deines Erdenlebens getragen haben. Auch ich durfte unter ihnen sein.

Schönheit und die Freiheit des Geistes sind dir gegeben. Alles, was jetzt noch die Erinnerung des Vergangenen in sich trägt, wird schon morgen das Glück eines neuen Lebens in sich tragen.
Dieses Glück und alle Liebe für dein Sein und Wirken lege ich dir in dein kraftvolles Herz.

Dein Menschsein hat nun das Erdenlicht und die geheimnisvoll gesponnenen, silbernen Fäden der Nacht überdauert. Es will im wahren Licht des Lichtes neu geboren werden.«

Und eine weitere Träne tropfte aus den Augen der Erdenmutter.

Mein Geist wanderte in Erinnerung an meine Kindheit zu einem Ort, den ich immer dann besuchte, wenn mir schwer ums Herz war. Es war auf dem Gipfel eines Baumes, wo ich mich über den Wolken fühlte und der Sonne näher war.
Wärme erfüllte nun meinen schon schwach gewordenen Körper, denn der Engel der Sonne, das kosmische Feuer brannte in meinem Herzen und sprach zu mir:

»Höre meine Stimme, der du im Feuer deines Herzens den Menschen und Wesen dieser Erde begegnet bist.
Ich Bin das liebende Wesen, der Engel des Feuers.
Aus der Kraft meines brennenden Herzens werde ich dir aus der Vorsehung des göttlichen Vaters das Glück und das wahre Licht, die wahre Wärme schenken. Du warst stets bereit, mich in deiner Seele zu nähren und als deinen wahren Schatz zu hüten.

In dieser Reinheit strahltest du, Krieger meines feurigen Herzens. Du berührtest und befreitest über dein Herz viele Wesen und Welten. Das Sehnen nach der Liebe Gottes hast du die vielen Jahre deines Lebens im täglichen Dienste in dir getragen. Über die Feuersbrunst der Ekstase, die dich einst eingeladen hat, in das Erdenleben einzutreten, sollst du nun zurückkehren in die Tempel deiner wahren Heimat.
Kehre heim in das Feuer des Feuers, in den brennenden Kern deines eigenen Seins.«

In der strahlenden Wärme dieses Engels trockneten selbst die Tränen der Mutter. Sie konnte sich wieder in Klarheit fassen und rief aus ihrem Herzen die Engel des Wassers:

»Kommt auch ihr, die ihr aus meinem Inneren Fülle, Reinheit und Klarheit gebt.
Im Spiegel der Wasser meiner Quellen, Flüsse und Ströme konntest du die Bewegungen deines eigenen Lebens betrachten.
Meisterin, die du die Stille und Kraft meiner Seen und Meere hütest, lenke deinen silbernen Schimmer auf Ihn, dem du in Liebe dein Geheimnis des Weiblichen offenbartest.«

So erhoben sich die Kräfte des Wassers, und eine Träne löste sich aus meinen geschlossenen Augen, als ihre Hüterin, die GÖTTIN DES MONDES zu mir sprach:

»Ich danke dir, Mutter Erde.
Als große, weise, liebende Göttin öffnen sich in mir, der

Göttin des Wassers, die Ebenen zur Weisheit der Göttin des Mondes, die ICH BIN.
Auch ich liebe ihn, um den du nun trauerst und den wir beide für seine Wanderschaft in die Heimat Gottes loslassen wollen.
In deinem Auftrag schenkte ich ihm das Mysterium meiner von Gott gesegneten Magie und Mystik. Ich öffnete ihm das Mysterium meines weiblichen Herzens. Er lenkte stets in Dankbarkeit den Sonnenschein seines Herzens aus der ALL-EINEN LIEBE GOTTES auf mich und brachte mein verschleiertes Lächeln zum Scheinen.

Die Barke der Sonne zieht in meiner Begleitung und unter meinem Schutze durch die Heiligen Nebel meines Reiches. Von geheimnisvollen Händen bewegt öffne ich ihm die Tore in weites, ihm wohl vertrautes Land.
Aus der Hingabe an dich, Mutter Erde, im Erkennen und Leben deiner Kraft, Liebe und Weisheit, segnete dieses menschliche Wesen dein Herz im NAMEN GOTTES. Aus seinen dienenden Händen floss das Wasser des Lebens für viele leidende Wesen.
Ich öffne ihm nun das wahre Geheimnis der Heiligen Nebel, ein Geschenk, das nur denjenigen gegeben werden kann, die GOTT in den Strömen der Freude und des Leids im Herzen des Weiblichen erkennen.

So reise nun, GELIEBTER,
aus der Reinheit des Mondenscheines.
Hebe und senke dich, Barke des Bruders Tod, die du seine

Seele trägst, und lasse dich über die Bewegung der heiligen Ozeane und Meere bewegen, in Freude, Fülle und aus der erhabenen Schönheit des Schatzes, den er alleine für das Herz GOTTES hütete.
Mein silberner Glanz legt sich in Barmherzigkeit und Gnade über die vom Heiligen Wind bewegte Barke. So werden wir gemeinsam deine Heimkehr begleiten.«

Und nachdem nun die Mutter Erde all ihre Helfer einlud, meine wahre Reise zu begleiten, kniete sie sich vor mir, ihrem geliebten Erdenkind, nieder.

»Als Nährender, Gebender und Hingebender aus deiner Kraft, Liebe und Hingabe an meine Reiche der Natur kam auch ich, mein geliebtes Kind, meiner Vollkommenheit näher.
Meine Tränen fließen in den Tränen der Liebenden, die sich in der Wärme deiner Herzensliebe in das Feuer des Geistes erheben konnten. In ihnen hast du mich erkannt, und aus ihnen wirst du den wahren Segen meines Herzens erhalten.«

Und im sanft dämmernden Licht des neuen Morgens, nach einer von Freude und Abschiedsschmerz erfüllten Nacht, erhob sich die von Mutter Erde Gerufene beim ersten Strahl der Sonne. Ihre in Klarheit, Schönheit und Anmut leuchtenden Augen waren durch den Wasserschleier einer Träne etwas getrübt. Sie legte ihre Hand auf mein Herz. Als Engel der Erde und Liebende meines Herzens zugleich sprach sie mit der Stimme, die mir in den Jahren unseres Beisammenseins so vertraut geworden ist:

»Mein Geliebter, die Göttinnen haben heute noch deinen Schlaf gehütet. Sie wissen, du wirst in neuem Glanze, in der neuen Frau, im neuen Mann wiederkehren.
Die Reise zum wahren Geheimnis deines Herzens kann beginnen. Das Tor zum Goldenen Herzen des Vaters ist geöffnet.
Deine im Lichte Gottes, im Silberglanz des Mondes scheinenden Augen leuchten, von der Müdigkeit des Lebens bedeckt, in Freude, Liebe und Dankbarkeit. Sie geben jetzt, wo du eine kleine Weile von uns gehst, das wahre Geheimnis der Göttin preis.
Lächle und kehre heim als Der, dem Ihr Geheimnis offenbar wurde, als Liebender und Geliebter der Göttin, die dich stets als Ihren Schatz hütete.«

Und ich, der ich im Segen der Liebe spendenden Mutter Erde müde auf der Barke des Todes ruhte, erhob leise meine Stimme:

»Meine Gedanken sind still, meine Augen müde, aber mein Geist ist lebendig.
Ich lege zufrieden mein Haupt in deine Hände.
Ich erbitte deinen Segen für meinen schwachen Körper und deine Begleitung für den erwachenden Tag.
Mögen meine Hände aus all denen, die ich als Wandernde segnen durfte, den Völkern Friede und Segen bringen.
Mögen Anmut, Liebe und Weisheit ihr Herz berühren und Sein Licht aus ihren brennenden Herzen scheinen lassen.
Möge sich die Schönheit aus der wahren Vollkommenheit,

aus der Reinheit des göttlichen Lichtes im Schoße der Mutter Erde offenbaren.
Möge meine Dankbarkeit gleich einem strömenden Regen überfließen zu allen Menschen, Wesen und Welten.«

So schloss ICH, der ICH BIN, in LIEBE meine Augen, und wir wurden EINS MIT IHR, deren Stimme mich durch mein Leben begleitete. In der Ferne vernahm ich den langsamen, schweren Puls des Herzens der Erdenmutter, die mich in die Arme der Kosmischen Mutter legte.

Weit in der Ferne erklang die Stimme eines meiner Kinder:

»So fühle dich glücklich, gesegnet und geliebt, fühle dich geborgen und erleuchtet, fühle dich im Meer unserer immerwährenden Dankbarkeit und Liebe eingebunden.
Viele Menschen und Wesen dieser Erde sind es, die dich in der Einheit mit deinem wahren SEIN erkennen und mit dir nun auferstehen. In dieser Einzigartigkeit lieben auch wir dich.«

In der heiligen Stille vernahm ich ein Wesen. Sanft hüllte es mich ein und trug mich in sein Mysterium. Wärme strömte aus dem Herzen des Meisters, den ich zeitlebens ehrte, den Engel des Todes in Maya, KEME, der zu mir sprach:

»Schwer war es in vielen Phasen deines Lebens,
mich als den zu erkennen,
der ich wahrlich bin.

Wer mich erkennt,
den führe ich zu den Tempeln
des Lichts und des Friedens.

Blicke auf dein Leben,
und es öffnen sich Liebe, Klarheit, Freude,
Schönheit, Fülle und Versöhnung.

Blicke auf die, die du liebst,
sie spenden dir Segen und Dankbarkeit.

Blicke auf jene,
denen du aus mir Erlösung brachtest,
sie tragen dich als kostbaren Juwel
in ihrem Herzen.

Vieles, was auf deiner Erdenwanderschaft
in Dunkelheit versunken war,
wurde aus dem Feuer deines Herzens
emporgehoben, gereinigt und erlöst.

Göttliche Liebe
durchströmt dein ganzes Sein.
Göttliche Liebe vereint uns für immer.

Die wahre Hüterin deines erfüllten Lebens
führte dich zu jenem Tor,
das nur den Liebenden geöffnet wird.

Ihr möchte ich die Ehre geben,
dich, geliebtes Menschenkind,
in den Strom der Gnade
und Barmherzigkeit zu begleiten,
aus dem du nun zum Quell
allen Seins geführt wirst.«

Ich hörte von Ferne die Klänge einer Musik – das *Ave Verum* von Mozart.

Wie so oft, wenn ich vor den Rätseln und Mysterien des Lebens stand, bat ich auch jetzt meine liebende Begleiterin, die göttliche Mutter Maria, in mein Herz.

Mein ganzes Sein füllte sich im Strom der Gnade und Liebe, und ich hörte ihre klaren Worte:

»Geliebtes Kind!
Die Göttliche Liebe offenbart die
Vollkommenheit deiner Seele.
Erhebe deine Augen
zum Licht des Lichtes.
Die Schönheit GOTTES *offenbarte sich*
in Seiner Vielfalt deinem Leben.
Im Herzen deiner GELIEBTEN *hast du*
IHN *und Seinen Weg der Wege erkannt.*
Im Lichte GOTTES, *im Schein der Sonne*
bist du schön.«

Literatur
Empfehlungen

Informationen und aktueller Seminarkalender:

Organisation TO OM RA

kontakt@to-om-ra.com

www.to-om-ra.com

Friedens- und Einweihungszentrum

Centro Espacio Sagrado TO OM RA, Guatemala

Friedensverein und Stiftung TO OM RA

Hospital Santiago, Guatemala

Omrael Norbert Muigg beschreibt in seinen bereits erschienenen Büchern seinen Weg, der ihn von Tirol nach Guatemala führte. In Begegnungen mit Ältesten und Schamanen lernt er die Kosmovision Maya kennen. Er findet zu seiner Aufgabe als Heiler und Schamane und wird zum Maya-Priester geweiht. In Verbindung mit vielen Weisen unterschiedlicher Kulturen und Religionen wirkt er als Brückenbauer und Friedensbote.

Bücher:

„Sprache des Herzens“, Begegnungen mit Weisen der Maya
Ibera Verlag Wien, 1999, 3-900436-90-8

„Der Mond im Jaguar“, Bewusstsein Maya in Licht und Dunkel
Ibera Verlag Wien, 2002, 978-3-85052-125-3

„Die Magie des Herzens“, Lebensweisheit der Maya
Ibera Verlag Wien, 2005, 978-3-85052-190-1

Artikel in der Zeitschrift ›Lichtfokus‹:

„Casa de Salud Santiago“
Ein Heilungsprojekt in Guatemala, Lichtfokus 20, Winter 2007

„In höchsten Höhen – in tiefsten Tiefen“ Im Spannungsfeld von Licht und Schatten, Lichtfokus 22, Sommer 2008

„In nächster Nähe – in weitester Ferne“
Der Weg des Brückenbauers, Lichtfokus 23, Herbst 2008

„Den Kosmos bewegen“
Im Wandel der Zeiten, Lichtfokus 24, Winter 2008

weitere Infos: www.lichtfokus.de